"在新疆"丛书
• 第一辑 •
──散文集──

张映姝　主编

游走的物象

赵航　著

新疆人民出版社
（新疆少数民族出版基地）
新疆人民卫生出版社

图书在版编目（CIP）数据

游走的物象 / 赵航著. -- 乌鲁木齐：新疆人民出
版社（新疆少数民族出版基地）；新疆人民卫生出版社，
2024.11. -- （"在新疆"丛书 / 张映姝主编）.
ISBN 978-7-228-21406-8

Ⅰ. I267

中国国家版本馆 CIP 数据核字第 2024FM3374 号

游走的物象
YOUZHOU DE WUXIANG

出 版 人	李翠玲		
策　　划	宋江莉	出版统筹	宋江莉
责任编辑	宋江莉	装帧设计	舒　娜
责任校对	王语陶	责任技术编辑	马凌珊
绘　　图	王浩丞		

出　　版　新疆人民出版社（新疆少数民族出版基地）
　　　　　新疆人民卫生出版社
地　　址　乌鲁木齐市解放南路348号
邮　　编　830001
电　　话　0991-2825887(总编室)　0991-2837939(营销发行部)
制　　作　乌鲁木齐捷迅彩艺有限责任公司
印　　刷　北京富诚彩色印刷有限公司

开　　本　880mm×1230mm　1/32
印　　张　8
字　　数　200千字
版　　次　2024年12月第1版
印　　次　2025年1月第1次印刷
定　　价　50.00元

序

　　新疆是我们博大的故乡。它的博大不仅体现在山川、河流、沙漠、戈壁、绿洲，还体现在生活在这里的五十六个民族以及多元一体的文化形态。

　　新疆，是多民族共居的美好家园。生活在这里的各族儿女密切交往、相互依存、休戚与共。在中华文明怀抱中孕育的新疆各民族文化包容互鉴，共同成为多元一体中华文化的一部分。

　　在新疆，普普通通的一场雪，会落在不同的语言里。每个阳光明媚的早晨，"太阳"这个词会在这些语言里发光。人们用许多种语言在述说我们共同生活的地方。这正是新疆的丰富与博大。

　　每个人都有自己的家乡。家乡可以是一个很大的地方，也可以是我们心里默念的一个小小的地名。有时候家乡可能就是我们小时候生活的一个地方，当我们越来越远地离开家乡的时候，这个地方就变成了一个地名。但是，往往是那些细小的家乡之物，承载了我们对家乡所有的思念，比如家乡的一种非常简易的餐食。我每次到外地超过三天就会怀念拌面。

当人们热爱自己家乡的时候，想念自己家乡的时候，文学是我们表达以及读懂家乡的途径。我认为文学是不分民族的，作家面对的是在这块土地上共同生活的不同民族，当我们用文学来呈现这块土地上各民族人民共同的生活的时候，我们面对的是人的心灵。

那些远处的生活是看不见的，只有文学能呈现这块大地深处的脉搏，只有文学在叙述这块土地上人们共有的情感。每个人生活中的悲欢离合、快乐忧伤，一起汇聚出这块土地上人们共同的命运和共同的情感。

各民族共同生活，大家的情感交融在一起，这可能就是新疆文学最大的魅力。新疆文学给我们提供了一个多民族和睦生活的样板。用不同的语言表述一件事，用同一种语言描述不同的生活，这就是新疆文学作品的精华所在。

新疆的自然风光、传说故事、地域风情等先天具有文学气质的素材，容易孕育出各民族的众多写作者，也引起了无数读者的阅读关注，使当代新疆文学成为具有独特地域内涵和文化内涵的审美对象。

各族作家们用全部身心去发现和感受新疆日常生活的温度与深度，坚守家园热爱和文学梦想，以其独具特色的文化风貌与美学意蕴，记录和呈现各族人民的生活、梦想与奋斗。

此次推出"在新疆"丛书，是铸牢中华民族共同体意识的一次文学出版实践，通过各民族作家的文字，把新疆这块土地上各族人民共同的生活呈现给新疆的读者，呈现给全国的读者，用文学观照人心，用文学观照生活。希望读者多看新疆作家的书，因为从他们的文学作品中，可以读到熟悉的土地，熟悉的山川、河流，读到发生在身边的故事，或者发生在不远处的历史中的故事。除此之外，借此机会，我们还向读者推介已经在新疆文学界乃至全国文学界成绩斐然、广有影响的各族中青年作家，他们如天上点点繁星，照亮文学的星空。

我们想把新疆最好的文学献给读者，把优秀的作家介绍给读者，希望读者喜欢。

2024 年 11 月

目录

第一辑　游走的物象

游走的物象

我打开所有感官，在异地感和距离感间游动。途中可看的东西太多。有时候觉得，远远地看动物和近近地看人，都是一件严肃的事情。我总是在某种隐蔽的惊讶里，把真实和不真实的感觉一股脑儿地揉进文字，我怕还来不及回味，当下便被记忆改变。

躺在时间河滩上的猫

一只猫，瘦骨嶙峋，软塌塌地摊在青石板路的中间。

脚步声如鼓点、雷声杂沓而过，它听而不闻，一动不动趴着，像一只标本的半成品，形成一种怪异的磁场。好几个游客走到它跟前，都猛然收住脚步，然后惊叫着跳开。

这画面吸引了我。我蹲下来，任导游解说二佛寺历史的声音远去。

它摊着的样子有些难看：头触地，双眼闭，皮毛被瘦骨顶起，露出内里的浅色，斑驳干燥。浑身散发着垂老、衰弱的气息，似乎生机渐尽，行将画下自己一生的句号。若非有毛皮裹着，它的骨骼就七零八落了。

倚在门边的老妇人，一身深蓝色布衣，如一幅简静的画。我断定她是猫的主人。果然，她淡淡地告诉我：这猫年纪太大了，走不动喽。

我在心里迅速完成了对一只猫的生命速写，就像一个视频在七分钟时间里，用一百个镜头递进，完成了人从一岁到一百岁的抛物线人生。一生速速，如悬崖之朽木、逝海之一波，书本里的精当描述，此刻都变成了切肤之警醒与悲凉。

散文家周涛画过一只黑猫，那猫直身半坐，挺拔傲娇，目光魅而利。在他眼里，猫是以柔克刚的典范，其柔无敌，没有克不了的刚，其柔又堪比女人的柔，柔的最深处暗藏着最决绝的狠。

可是，无敌的柔也罢，无敌的狠也罢，只能逞一时胜利，无法逃避鲜活的生命被一点点抽空的命运。

它，却是任何柔的克星。无形无色无声。至刚，必然夺走了面上红、发上黑；没有任何东西可以贿赂它，迷惑它，拦住它的脚步；再魅惑的觳，对它都是虚设；世上柔有千种，有哪一种可以克它半毫？聪明的你也想到了，它就是——时间。

还有什么比时间更辽阔，更决绝的呢？时间之后，还是时间；红颜之后，再无红颜。

可是，慢着，听——

喵——喵——喵——循声而望，在五六米外的一个石缸下，两只小花猫偎在一起，娇声娇气地唤着，萌态可掬，惹人怜爱。

老猫的芳华，毫无遗漏地给了小猫。

在时间的河滩上，生命的历程演绎着形而下的物质坏朽，也燃烧着形而上的精神焰火。生命因承继得以与时间同行，感受时间，并赋予时间存在的意义。唯生生不息，或可以柔克刚。

有人认为肉身衰老，终究一弃，而灵魂永生，能与天地同存，所以虔奉修行之道，以期能渡往永生彼岸。灵魂归宿于永生或虚无，尚不可知。任何对于衰老命运的挽留和救赎，本质上积极。我们每个人，又何尝不是无师自通地参与其中，并深切意识到衰老是造化的功德，借时间之手更新生命，进化生命？

我们无法爱上衰老，却欢欣于衰老带来的新生和启迪。生命的局限是生命，生命的自由也是生命。也因此，面对一只衰弱的老猫，就像面对自己将来的枯竭，悲悯又坦然。

逃不回去的蚯蚓

定睛一看，果然是蚯蚓。

从宾馆出来，我一边拖着行李箱，一边搜看路面，排除险情。结果，在一汪浅浅的积雨中，发现了它们的踪影。重庆的雨下了一个晚上，它们逃到了水泥路面上。可惜这临时的避难所，人来车往，绝非安全之地。

我真的不想无意中踩死它。据说它有再生的本领，被刀或者锄头砍断后，有头一截长出新尾，无头半截长出新头。但人的脚不是刀或锄头，万一踩上，就是灭顶之灾，它并没有恃才而傲的资本。

我从来没有蹲下去观察过蚯蚓，我对这个脑袋上除了嘴啥也没有的软体环节动物，有着生理性的排斥。几千年前，蚯蚓因得到大思想家荀子的赞美而闻名天下。其"无爪牙之利，筋骨之强"，却能"上食埃土，下饮黄泉"，柔软至极，又坚韧至极。它靠着专注一心，化劣势为优势，在泥土王国里优哉游哉，令螃蟹羞惭千年。蚯蚓实属于"貌有丑而可观者"。但我宁愿在想象中给予它虚伪的赞美，也不愿在真实的照面中被吓得心悸。当然，最好不要相遇，免得万一踩着，心生内疚。

它们停在距离绿化带三米远的水泥路面上，红色的肉身盘曲成团，挤在一小块浅浅的、发亮的积水中，在熟悉的湿润里听天由命。如果行人不刻意关照它们的存在，它们就相当于不存在。它们身处险境而不自知，智慧和判断在坚硬的水泥路面上一无用处。

我居高临下，洞悉它们的危险和命运，却只是拨转一下怜悯的意念，未有半点犹豫地，三五步就绕开了它。

也就在这时，一阵急促的嘎嗒嘎嗒声响起，两个拖着行李箱的男人快速从我左边走过去了，那正是我绕开的位置。

我的心跳了一下，其中一个男人不知为何回头看了我一眼，或许他听到了我心里的叫声？我没有回头看那片狼藉。

无常，潜伏在一切生命之轮的身边，当模糊的逻辑成立，它便轻盈而凶狠地降临。

谁洞悉人类的一切福祸而不言？蚯蚓的悲惨，人的罹难，在上天眼里，有多大区别。

招谁惹谁的青蛙

我打开窗户，蛙声哗地撞了我一脸。那些古怪的声音，果然是青蛙制造的。

向下望去，一座人造池塘。假山、池水、弯曲的石子路、小石桥和绿色植物蒙着一层向晚的薄荫。青蛙们匿身幽绿水中，鼓噪如潮。它们的声音很有侵略性，搅乱了黄昏，像粗嗓门老太太聊天时的旁若无人。

"快关窗吧，聒噪。"诗人小涛说。

西北人少闻蛙鸣，可欣赏"听取蛙声一片"的诗意，可赞古人"身在乱蛙声里睡，心从化蝶梦中归"的潇洒，却欣赏不来沸天震地的蛙鸣。我关上窗，将蛙鸣推了出去。有一堵墙隔着，就可以相安无事。

民间说："人吵败，猪吵卖。"青蛙吵呢？

从古到今，它讨了多少嫌，挨了多少整，可就是学不会低调，除非有谁出阴招。《南村辍耕录》里的张天师有办法：找片新瓦，朱书符篆覆其上，投入池中，并警告："汝蛙毋再喧!"下咒可是比下毒还厉害，青蛙全傻了哑了。从此，整个南池寂然无鸣。土耳其摄影师的镜头下，一只受够了青蛙的变色龙，从另一个树枝爬过来，用爪子捏住了青蛙的嘴，十分霸气。青蛙闭了嘴，一幅气哼哼萌萌的样子，叫人忍俊不禁。

三亚一个市民投诉蛙声扰民成了新闻，环保局的回复也成了新闻。一封"和谐共存"充满情怀的信，便成功化解了市民的怨气。捍卫青蛙唱歌的权利，并不比捍卫不同意见者说话的权利更难。我们终究不愿蛙鸣成为标本，不愿面对生灵的风消云散。今天，生态保护观念深入人心，为蛙鸣保驾护航。但青蛙并不会因此而领情，说出"生而为青蛙，我很抱歉"之类的话。物性使然，蛙鸣天经地义。

青蛙最大的担心永远都是"人不我恤"。据说，张天师的符咒已经不算什么了，威力更烈的符咒已经显灵：好多池塘消失了……

当蛙鸣消失，一片寂静，我们心里的喧嚣，可会因此而减少一分半毫？

不见飞鸟相与还

一缕阳光刺破了浓重的雾，把江面染成金黄。首先发现阳光的，应该是这群飞鸟。它们突然出现，啾啾欢呼，忽而贴水滑翔，忽而凌空疾飞，轻灵如诗。

我立刻从藤椅上站起，用目光追着它们。这一群翩翩优美的生灵，瞬间便甩出几十个墨点，又疾速再挪开。一幅自由挥洒的、心机天然的抽象水墨画，便洇开在瞳孔里。

它们从哪里飞来？是来呼吸这金色的阳光吗？

我已在江上行了一整天，天空始终雾气迷离，不曾变过表情。满山青翠、漫江黄流，美则美矣，但看了一天，未免视觉疲劳。这些不知名的精灵，为我啄破了视线里的单调。

可是，阳光倏然隐去，飞鸟也消失了。

是江天模糊了飞鸟，还是游轮远离了飞鸟？我趴在阳台栏杆边，伸长脖子，盯穿了空蒙灰铅的天色，却再也看不到它们的影子。也许，它们跟着阳光，去了天上。

如何将浮云摘下钉牢？

如何使海浪停在沙滩上？

如何让月光在掌中停留？

独自旅行让我的心变得纤细而敏感。江天茫茫，移步换景带来的冲击力在下降。水送山迎，一程又一程，寂寥的江涛拍打着船舷。以往，在陷于生命几欲停滞的不良感觉时，记忆总能策马而出，去拯救我失去重心的身体。而此刻，我惆怅莫名，无所依靠，我再也无法平静，唱着《音乐之声》，向天空发问：如何使一只飞鸟落在我的阳台？

我重新坐下。青山后移，江水后移。我不断调整视角，把目光撒出去，又收回来，想密密网住一尾江水，哪承想，滔滔江水从眼里涌了出去。

而涌出的江水，最后都变成了飞鸟。

房前屋后

相约到江桥上看看。老赵提议抄近路，走街铺后面，再斜穿上桥。偏，但近，也静。他头天走过。

一路灰石板与台阶，不见青苔小草的点缀，路况迤逦又丑陋干燥。尤其是没头没脑的，还撞到了藏在屋后的满布灰尘的、轰轰作响的大空调，更让人感觉糟糕。

正暗自后悔，不料竟拐到了一家后院，撞见一桌麻将。我和老赵同时放慢了行走的速度。

四个青年男女，穿着清凉，男的短裤背心，女的阔脚裤、吊带背心。和我们迎面的女子，向我们投来淡淡一瞥。我眼尖，发现她脚上穿的拖鞋和我脚上穿的一模一样，麻布鞋面上绣着一张绿色的川剧脸谱。没想到就这么跟人撞了鞋，倒也亲切。

她正好摸起一只麻将，手腕一翻，摊在自己的视线里，动作又娇媚又老练。

"和啦!"这是我的声音，我在心里替这个女子赢了牌。

院里的老黄葛树，像时间一样粗壮有力，我们走出它的华盖，走出了小院安逸、世俗的画面。

返回，我们从街面走。路两边各一排小店，皆为仿古建筑，飞檐牌匾，古色古香。小店门前挂着红灯笼，由近及远，汇成一条红通通的灯河，闪着温厚温暖的光。夜色微醺，灯光迷离，行走其间，感觉花好月圆，轻飘飘的，仿佛自己已是画中人。从会江楼拾级而下，举目江面，流金微漾，煞是动人。

房前屋后境况有别，作为游客，我享受店面的粉饰以及仿古建筑煞有介事的古意，但店铺后的朴素和烟火气，更让我感觉亲切。

总以为，在任何一场对美景的追随中，记忆都不甚可靠，会遗漏许多细节景致。却发现，记忆的选择与当时的感受紧密相关。就像这一晚，明明是去江桥俯瞰江水，却将一路印象牢记在心。同样是晚风，在合川江边，它软而润，在乌鲁木齐天山脚下，它爽而清。比较和体验时刻都在进行。眼耳鼻舌身意，色声香味触法，我期许它们在旅途里活泼，渴望万物都向我涌来。

但走马观花也不错。至少，那一种陌生的温度，刚刚好。

八十五岁是个渡口

她提前挪到了路中间，等着我走近。

我看到她手上的一小袋柑橘。我不打算买，也不愿意费口舌拒绝她，目不斜视地快速侧身走过，也不行。我一边想着，一边慢下脚步，转眼就走到了她跟前。她矮小干瘦，缩在一身宽松的黑衣里，像一片虚弱的云。

我接住了她的目光。

她微笑，轻轻咧开没牙的嘴，举起手里的柑橘，仰头望着我说："特产，带一个尝尝吧。十块。"小袋里的三个柑橘，青黄，透出酸涩。

"游轮上的自助餐供应水果呢。"我说。

其实不光是这个原因。在我买了一堆纪念品和书，又帮一对小夫妻，同意他们用微信红包换走了我的现金后，我才突然发觉现金并不宽裕了，但这也并不是说得出口的理由。

"我今年都八十五岁了。"她巴巴地望着我。可能怕我听不懂，她用枯槁的手比划出八十五。我一愣，没想到她打出年龄牌。

手上青筋暴凸，骨节粗大；脸上沟壑纵横，黝黑沧桑；眼睛凹陷，微微眯着，蓄着清亮，隐隐闪着泪光。正午阳光下，八十五岁的衰老叫人难过，眼前这看来艰辛的晚境，尤其刺痛人的神经。我不能再拖延一秒钟，接过了柑橘。

回到客房，剥开一个柑橘来吃，很酸，酸了半张脸，眼泪差点出来。其实我心里早已落泪了，老太太让我想起了我的父亲。

父亲去世前，我们总是鼓励他说："你一定能活过八十五岁，过了八十五岁，就直奔一百岁啦。"父亲总是大声说："那不成问题！"他的体重一辈子都维持在六十二公斤，从不便秘，走路轻快如风。他的健康，是可见可期的。但他被忽悠买了几大盒假药，又偷偷吃。待我们发现他无故摔倒并扔掉那些假药时，病情已难以逆转。

八十五岁的渡口，他没赶到。月迷津渡，我心伤悲。每当陷入寻他而不见的迷惘，他总会从我的记忆里探出身子，笑着说："丫头，你们活着，我就活着。"

父亲不需要知道梵高，不需要知道梵高的题诗：

> 不要以为死去的人死了
> 只要活人还活着
> 死去的人总还是活着

梵高的话世界能听到，父亲的话我能听到。想念父亲的时候，我就告诉自己，要健康快乐地活着，享受当下真实而绚烂的人生。

四小时的雪泥鸿爪

我在朝天门码头停了下来，已能看到江边的游轮。离上游轮的时间还有四个半小时。下到江边的水泥路七弯八绕，半个小时够用了。

我在休闲椅上坐了下来。感觉立刻不同：视野里依旧拥挤，耳边依然车声如流，心绪却马上收翅安歇。我有四个小时清闲，纯然坐在陌生里。我喜欢这种陌生，喜欢在陌生里感受阳光下万物的呼吸。

一

这里是朝天门码头商业区的人行道边，是高楼林立下的一角休闲区。左顾右盼十秒钟，一切即可尽收眼底。车水马龙，店铺忙碌。这陌生的街景，在惯性里流动、闪耀、生机勃勃、落落大方，任由我打量。

灰白的天空并不平静，雾与阳光在持续角力。阳光的末梢被雾气层层兜住，欲出不能，却将热力隐隐投到我脸上，紫外线？

我马上警觉起来。放眼四望，几无戴帽者，皆泰然来去。想必雾都之雾，堪比遮阳帽，我亦无须惊慌。

左边有一栋住宅楼顶天立地，将天空直逼到我的头顶。许多开满鲜花的阳台跃入眼帘，一扫楼体的平庸和呆板，添了浪漫与情致。巴人喜欢养花莳草，自在安闲流于骨髓，只是耳闻，已觉美好，何况亲眼看到三十层高楼上临风照雾的鲜花。

它们站得那么高，像一道光芒，照亮了灰色的囚牢，照亮了我的眼睛。只要是鲜花，不论是哪种，不论它居身哪里，都是美的。作为个体，它艳美悦目，不负季节；作为抒情载体，它长久地润泽心性，飘举着美学意蕴。很多时候，我们会误以为它们只是点缀，但其实，它们永远都是它们自己，悦己又悦人而已。正如月亮之于夜空：照亮夜空，而不被夜空淹没，反而牵引着无数深情遐思的目光。鲜花，在不同的空间出现，会带来不同的暗示。相比那些被摆在公园、景观大道旁用来取悦行人的鲜花，我更喜欢长在寻常百姓家的绿植和花朵，因为它们更像我们的亲人。

脑海里天马驱蹄，欲往阳台背后的人与生活。但想象乏力，只能止步于那些花朵。千篇一律的阳台背后，尽是类如绝版的生活故事。浓郁的烟火，让人乐此不疲的鸡毛蒜皮，生生不息的赵钱孙李……在这里，在那里，时时振动、呼应——生活辽阔。行走其间，迷茫有时，喜悦有时。

惠特曼说："不论你望得多远，仍然有无限的空间在外边。"让我感觉奇妙的是，在对同一朵鲜花的注视里，我和阳台背后的那些爱花人，那些站在无限空间外边的人，距离忽然变得很近。

我们通过鲜花得以联结，遥遥感应。正是他们润色生活的情趣，让我嗅出了生活本质的温暖，让我这个旁观者的心，因高处的鲜花轻轻摇荡……

二

视线的左右，各有一棵树，静静伫立于闹市街边，华盖擎天，望之令人沉静。它们叫黄葛树，重庆街头，随处可见，是无法忽视的存在。它们的根是"气生根"，够粗，够卡通，够奇怪，也够智慧。据说，黄葛树的种子比蒲公英的种子还小，只要有少量的根系置身土壤中就能成长。新根由枝干生发而生，它们合抱相融，结为粗壮一体。你根本无须为裸露在外的粗壮根须担心，它们可直接从空气中吸收养分，同时支撑枝干攀向高空。

左边这棵黄葛树的前方，立着一块宣传牌，上面写着"孝老是福"。它的四周围着几块高低错落的大石雕，石雕是方孔圆钱造型，上刻"乾隆通宝"四字。山城人的心思，和黄葛树的根一样，是外露的。有些话语，重复几千年，长绿长新；有些追求，传承几代人，莫失莫忘。

我猜两棵黄葛树是同时栽种。合理的间距，使它们无须为争夺空间而失了风度。它们是静默的，也是沸腾的，任多少喧哗经过，从未迷失过自己。既然扎根一方土地，便努力生长，攀向梦想的云朵，开出硕美的树冠，报山城人以盛大的荫凉，成就自己的生命盛景。

到底是山城人最懂黄葛树的心，最珍惜黄葛树的情。他们将黄葛树选为市树，予它荣光和尊重，对其慷慨的荫凉馈赠报以感谢。黄葛树四季吐绿，装扮一城春色；市井人生贴地低飞，创造平凡灿烂。人与树相互照拂，相互见证；人爱树，树也爱人。于是，树绿着，人旺着，同享一片有情天地。

时值午后，黄葛树站在自己淡淡的影子里，它是如何抵御周遭那昼夜不停地喧哗的呢？

我望着树，树启迪着我。我试图破译它的语言和表情，又觉得不甚了然。对我这个静静呆坐的异乡过客，它会说什么呢？

我并没有想好要对它说什么。我的脑中闪出约翰·缪尔书中的一段话：

> 我从未见过一棵心怀不满的树。他们紧握大地，仿佛深恋着大地；虽然根扎得很深，却行进得和我们一样迅速。它们随着所有的风儿向着所有方向信步，像我们一样有去有来，每天和我们一起绕着太阳行近两百万英里，上天知道这空间中的穿梭是何等快速而遥远！

三

黄葛树下好乘凉。

三个老头，一个老太，神态安闲，聊着天。这幅岁月静好映入我的眼帘。我想听听纯正的重庆话，便拖着箱子，坐到他们身边。他们并没有看我。我明显感受到了树下的清凉——母性的、温柔的清凉。

三个老头话语不稠，语速不快，声调平和。这个吐出一句，那个缓缓接上，第三个也不慌不忙续上话题。瘦老太手里拿着水杯，只静静地听、微微地笑，并不插话。

要打破微妙的失衡感，莫如主动地打招呼，以洗清入侵者、偷听者的嫌疑。我笑着问："请问，这树是什么树啊？"

"哦……"老头们都抬头向上，眼睛跟着脖子转着圈，又将眼睛望向另一边的那棵，似乎这么一望，黄葛树就会自报家门，但无果。于是其中一个说："不晓得撒，不晓得叫啥子树。"

这是我第三次向人询问树名。第一次是在合川二佛寺，头一次见根部如南瓜鼓凸的树，感觉新奇，在树边闲坐的中年男子告诉我，它叫黄桷树；第二次是在三江源街上，看见它们在一面石墙上巍然而立，更加惊异，一个小妹告诉我它叫黄葛树。

这第三次问树名，实属多此一举。我只要打开手机百度，便一切了然。然而，又怎会是多此一举呢？重庆老人说话的那种腔调、那种悠然的神情和说不出树名的坦然态度，是百度不出的。

不晓得，就不晓得好了，又有什么关系。哲人觉得每棵树都值得用一生去探究，而享受尘世悠闲的老者，只要有悠闲的心情就够了。

可能是我扰了他们，也可能是他们想挪地方了。一老头提议，去解放碑转转。他们相继起了身，一个跟着一个，五步十脚便晃入人群。我还刻意地盯着一个个子稍高的老头，但只是眨了一下眼，便把他弄"丢"了。我的眼睛里满是攒动的人头，陌生成一团的影子。

他们去约会另一棵黄葛树了。他们比树自由，真好！

我转过头来，目光有了新的焦点，对面绿植葱茏，赏心悦目。但实际上，我有一点点难过：如果父亲在世，他也能自由行走，逛逛街景，累了就坐下，坐久了就挪步，那该多好！

原来的小山沟煤矿，荒僻人稀，巴掌大。出门即是荒山。近七十岁的父亲搬进城里楼房后，再也无需为提煤、架炉子、挑水、掏厕所而操心，彻底获得了解放。一日三餐由母亲操持，父亲无事，每天就闲逛。头两个月，他喜欢去市中心，坐在新华书店门口的台阶上，看街景，一看就是大半天。我问他，那有什么好看的？他说，人多，热闹嘛。

他这么说，让我想起两句诗："黄梅时节绿成阴，贪看青山坐小亭。"对父亲而言，车水马龙不也是另一种"青山"吗？

谁不想有情有义地度过此生，有滋有味地感受天地人文？人间滋味长，万物从来没有停止过表达自己，我们也从来没有失去想要拥抱人间、拥抱万物的渴望。父亲如此，我亦是。

四

树下只剩我一人。独拥一树清凉，感觉奢侈，亦畅然。微风振枝，满树绿叶轻摇，仿佛要为我催眠。

行人如织，与我何干？万人如海一身藏，在这美妙的幻觉里，意识如流水轻盈。我感觉不到时间的流逝。我是谁呢？这不重要。我就是一棵树了，像黄葛树那样，如如不动，循道而生，风里雾里，婆娑参差，身居闹市，心远地偏。

感谢这棵黄葛树，予我片刻舒畅与自由。虽只片刻，却足够珍贵。作为一个过客，还能要求什么呢？当我的目光抵达这片陌生，这陌生之上的一切便都有了意义。当有一天，它们穿越时空重现于我脑海，我会知道，一份关于别处的记忆，珍贵如梭罗所谓"彩虹的碎片"。

像望见了蓝色的湖，湖面波光闪闪：一对年轻恋人牵手走过，生动、甜蜜。女子白皙，男子温雅，是养眼的一对儿。愿他们有前世的良缘，今生的永远。

这矮个老头儿，比起背插五彩靠旗的戏曲男角，要淡定得多。背着一筐鸡毛掸子，在人群里划着S形。鸡毛掸子艳丽、油亮、蓬松，在人群中闪耀。有一天，我父亲逛完早市，摇着一只鸡毛掸子进屋，笑若孩童。鸡毛掸子，渡我望见彼岸，父亲卸尽病容，笑颜明朗。我不由得笑了。

在如潮的人流里，我首先就看到了她：气质优雅，一身绿色连衣裙扮出时尚与得体。人秀于众，想不受关注也难。她姗姗而行，头偏向临街的店铺。我猜她刚下班，才从哪栋大楼的高层降临地面。这个中年女子，让我想起美丽的玉簪花，玉簪花的花语是恬静、宽和。

注意到一个老太太，拄着拐杖，微垂眼帘，走得专心而无畏。因为瘦小，她像飘在肥大的衣衫里。但她走得稳，是用力之下的稳。老年斑，灰白卷发，清瘦伛偻，手指骨节凸出……这应该也是我将来的衰老之态。老之将至，偶尔心慌。但也深知，"生命有它的图案，我们唯有临摹"，可期许的，便是在一生的临摹中，练出执笔不乱的从容。老，就老去吧。

街铺第一家，挂蓝色牌子——82号，卖熟面食。高高的蒸笼白气氤氲，白胖的大包子暗香勾人。穿大红色衣裳的女店主，不声不响地忙碌。我远远地看着，感念她的忙碌，尽管我一点也不饿——食物永远叫人安心。这家面食店与临街栏杆相夹，是人流的入口，又是人流的出口，它像某种隐喻，触动我的内心。

　　一拨又一拨人，来来去去，我们短暂地交汇于此，踩过同一块砖，经过同一棵树，看过同一块广告牌，望过同一片天。我们互为别处风景里的部分，互为生活的远方，遥远而又具体。当我们最终都走到了时间之外，相聚于永恒的风中、月下和飞鸟的心中时，我们会不会重新认识，说我好像见过你。但现在，陌生人，我为你祝福。

故事种在大地上

美食的俘虏

在青河县客运站办好边防证，已是下午五点。一口气从乌鲁木齐跑了几百公里过来，无论如何要正式吃顿饭。小蕊先去加油，老朱、老方和我拿了吃的东西下车。

街道很安静，无高楼阻目。白杨摇金，雪山浮银。正是轻寒可人天，青河县城若闲适老人，坐于素朴、清净之中，悠然自适。

人行道上有一长方形的垃圾箱。近前，果如预期，下面桶里空空，上面一层隔板似被人擦拭过，挺干净，刚好可做"桌面"。话不多说，把吃的都摆上。最期待老朱的酱菜牛肉。出发前一天，他炒了四个人的量。他有一个习惯，只要跑长途，必炒酱菜牛肉，因其易存放，味美色鲜，极慰食欲，最适合就着馕吃。不过，他早就做了改良，舍酱不用，改为多放红辣皮。酱菜牛肉已名不符实，但因系着一份往日，他也懒得改名了。

老朱打开塑料袋，一个带盖的淡黄色大搪瓷碗露了出来。他撮起五指郑重揭开了碗盖，一瞬间，牛肉和红辣皮混合的色与香，齐齐迸射进清冽的空气中，那么激扬，那么粗犷，犹如一道光划过眼前，引得人笑逐颜开。撕下一块馕，夹起几箸，摊于馕上，一口吃下，慢慢嚼，细细品，厚重而浑圆的香顿时弥漫口腔，传至神经末梢，仿佛同时吃下的还有青河疏阔辽远的深秋。

吃得差不多时，老方后发制人似的，展开一个食品袋，露出几条润黄的油炸鲷鱼。烹小鲜不易，非下一番细而慢的功夫。方氏厨艺，看来不俗。一尝，另有风味，不似酱菜牛肉狂放热烈，胜在香酥绵细，滋味悠长，让人联想起沉静流淌的乌伦古河。

忍不住边吃边夸。等小蕊过来——吃过，亦是惊呼连连。

人最早真切感受到的不欺和厚待都始于食物。认真生活的男人恰恰不远庖厨。陆游以食粥为养生长寿佳品；苏轼落魄黄冈，自创"东坡肉"焐热了寒凉岁月；国画大师张大千说"以艺事而论，我善烹调，更在画艺之上"，语气甚是得意。会吃会做的男人不在少数，还是汪曾祺夸得最中听：会做饭的人，是比较不自私的。

夜宿布尔根宾馆。晨起微雪，收拾妥当，驱车寻找小饭馆。老方凭记忆找到了娜孜奶茶店。招牌很好看，底色是一幅画，我猜是夏日的乌伦古河风光：碧水浩荡，绿树翁郁，蓝天白云，宛若仙境。店内朴素，内置六张桌子，墙面上亦无装饰，里间厨房灶头上袅出的白气望之可亲。靠墙有两组食品柜，摆着各色面点小菜，由顾客自取。这才是重点所在，我们一哄而上，围在旁边先看了个遍。

分头取来了包尔萨克、菜盒子、肉馅饼、小菜、萨拉玛依和鸡蛋，摆摆了满满一桌子。各自倒上一碗热热的奶茶，慢慢喝下，心也放松了，胃也舒泰了。地道的哈萨克风味。

"肉真多，把人吃得感动的。如果不多吃一点，都不好意思走出去。"老朱连着吃了两个肉馅饼，对小蕊"管住嘴"的提醒充耳不闻。

这是一个用食物来爱自己的早晨，因为无需赶路，大可悠悠闲闲，细嚼慢咽。老朱吃完后，站起来在小店里踱起步来，感叹道：平庸的早晨，终于有了亮点。我们三人相视一笑，陶渊明望见"依依墟里烟"时的心情大概若此。

故事都种在大地上

谁在青河栽下过往事？自然是老方。17点，继续赶往塔克什肯口岸。在大平原上行驶，有奔向天边的畅快。

也许是补充了能量的缘故，老朱的故事更为密集，他曾在青河待过三年。

十年前，柴火堆有个小面馆，女主人颇有姿色，惹得一众远离家乡的光棍躁动不已，往她跟前凑，均未果。女主人不要露水情缘，只要长情陪伴。

老方，口岸有你的初恋吗？

老方笑笑，不答。

写有河狸保护区的牌子一闪而过。布尔根河从荒原中闪出来，有种寂静的野性。

2000年左右，有个老东北来到这里，挖了个地窝子住下。一个哈萨克族牧人报了警。派出所来人一查，人家有身份证。警察劝他离开，否则冬天会被冻死。老东北应声瑟缩，却没走。那时河中游着成群的五道黑，他就弄了个轮胎，天天下河捉鱼，竟然糊住了口。没两年，融入当地，做起了根雕。他每天早早关门，把皮鞋擦得锃亮，跑小饭馆一坐，声音响亮地吹牛。他说有人给他介绍了一个对象，在几百公里外的乌鲁木齐，但他不稀得要。

老方，你非要去看一眼口岸，口岸上有你的谁？

塔克什肯口岸在历史上是中蒙贸易通道。1989年7月，经国务院批准对外开放。说来是个有历史、有故事的老口岸了。老朱新疆南北皆跑遍，见识多，故事多，眼睛也毒。但老方沉得住气，依旧笑而不答。老朱也并不认真追问，继续讲故事。

有一个刚毕业的河南小伙，他叔叔说新疆钱好挣，叫他到新疆挣钱。他脑子活，买了辆货车做起了卖石头的生意。第一天开张很顺，一个台湾人看上了一块金丝玉，问多少钱，他伸出五个指头。台湾人掏出钱，数了好一阵。他压住狂跳的心，接了钱。连着几天不敢出摊。

离塔克什肯口岸400米左右，一个身穿白色防护服的工作人员将我们拦住。原来口岸属疫情防控重点，目前已关闭。从蒙古国过来的大货车也只能原路返回。工作人员建议我们在周围看一看，拍拍照。

车只好调头。本以为老方会失望，没想到他却舒着长气说："今天算是达成了心愿。"

原来他是旧地重游。二十世纪九十年代，口岸旁边设有边贸互市，很是红火，蒙古国人与来自南北疆的各民族商人携带各色商品汇聚于此，吸引了很多当地百姓。他曾跟随奇台一个边贸公司来参加互市，当时带了一些鼻烟壶，但没卖掉几个，剩下的都送了人。

老方用三言两语讲完了故事，将车靠路边停下。

乌云卷着冷风铺满天际，铁青色的山头顶一圈薄雪，绵延西东。

前方的布尔根河几经弯曲，碧流时现时隐，为两岸的树木送上永恒的福祉。小叶榆、杨树、桦树错落繁茂，赤橙黄绿，簇拥于河之两岸，上演着晚秋的绚烂与隆重，热烈又清寂。有河的地方就有故事，就有无限生长的力量，就有奇迹。能在无边的荒凉中看到一条不远千里，从蒙古高原奔波而来的河流，才真的叫人感动啊。

山川未变，依旧气象孤寒。只是时移事殊。当人在彼地经冬历夏，此地亦春秋更迭——当年南腔北调的人声、汽车的轰鸣、马和驴热气腾腾的响鼻隐于岁月深处，热闹一时的旷野重归于寂静。

老朱坐在车上在看手机，没有下车。他讲了一路故事，早已完成了与青河有关的生命回望。老方游弋往事、面向荒野眺望自己明亮的青春。只有我和小蕊，足迹新至，须臾便老——在这大地之上，我们的到达即是离别。

但我们种在大地上的各种故事，从未荒芜。

时间深处

今日寒露，是时间，是农耕社会在时间道路上插的一个标。

时间在丢失时间，但时间又在保存我们对时间的感觉，这就是时间的意义。

边听边记。金山书院的公益阅读大厅里，刘亮程的讲座《时间深处的家乡》正在进行。我看见讲者清淡的语调、诗意的用词逶迤于云端，盘桓于流水，又一遍遍地抚摸书院宽厚高大的墙壁。

金山书院，由一个旧厂房改造而成，它保留了一个时代的最后遗像，是能看见时间的地方。顺着这样的思路提示，我不由昂起头，望向书院房顶。除了红色消退、业已黯淡的层层老砖，浅黑斑驳的预制板房顶保持着原貌，没有任何装饰，是最具工业气息和沧桑感的所在。上面光线微弱，一览无余，远不如下面的木质桌椅和三米多高的整面墙书柜里的书更有吸引力。

对金山书院的前身，我所知甚少。它将看到过的、呼吸过的一切，都化为浅旧的色泽和斑驳，却又不动声色。我看不到时间深处的它，看不到那些劳动，看不到那些劳动者的脸庞……我们只能看到它的现在，看到一个造梦者踏实的努力：红砖与实木混搭，装修风格朴拙亲和，高大的书架占据着南北两面墙，盈盈书香，令人安适。一场又一场文学爱好者的聚会，正在改变这里的气场。就像那位喜欢戴一顶小花帽的美丽女作家所说，睡在文化客栈的房间中，犹如睡在母亲温暖的子宫里。

在互动环节，谈到最新小说《本巴》的创作，刘亮程说，那是一个年岁越大的人，让生命再回到人生原点的书写，是对抗死亡恐惧的努力。

还是在说时间。活着的要义便是弄清两件事情：一是生命的意义，二是时间存在的意义。

我的心揪着痛，持续了好一会儿，霍金的话又冲进脑海：不是时间在流逝，是我们自己在流逝。我们无法阻挡时间和生命的流逝。文学能点亮往事中的时间，让我们看到时间深处的自己，所做虽然有限，但足以成为慰藉。

书院的木窗外，是辽阔的秋意，阳光好得出奇。一棵小杨树，比身边的低矮灌木和再远一些的树都谢得早，只剩下半身叶子。未落的叶子，被阳光打扮得流光溢彩，毫无心机地与风嬉戏，弹跳着笑个不停。

我们正坐在时间之河上，对时间的追索从未停止，却从未弄清楚过。而窗外的自然却以更简洁的方式在叙述时间……

当我们像万物一样，包括像一间老厂房一样，随着时间有所更新，有所生长，我们还会慌张吗？

可可托海的石头

"长相依"，何为长相依？

看过宣传牌上的介绍和照片，走下石阶，我转到花岗岩巨石的另一边，看到了长相依的画面：一棵云杉紧紧贴着花岗岩的岩壁生长，像在为巨石作支撑，又像亲昵依偎于巨石前胸。山中岁月长，二者相守相伴，是谓"长相依"。

又猛然发现花岗岩巨石的底部，已密密顶着一排小树枝。在石头下放小树枝，究竟是何方习俗，我也说不清。按我的理解，和在树上系红布条一样，都为了祈福。我停在路边，想着要不要也跟个风。

一对小情侣也站住。女孩笑着问我："顶个小木棍能做什么？"

"相当于给自己撑腰，做什么都立得住。"

女孩一听，轻推男孩："你也去顶一个，给自己撑下腰。"

男孩马上跳到路边去捡枯枝。在巨石的底部，他停了几秒钟后，神情郑重地弯腰将树枝顶在了石壁上。他俩高兴地相依走下台阶，带着爱意的眼神与青春一样透着无敌和明亮。

我最喜欢的一组石头景观，被命名为"追你一万年"。

形成这个景观的是两组花岗岩巨石，均由高处山体坍塌坠落下来，天然形成了两只乌龟的造型。奇的是，它们大小差不多，各自身下巨石的高度也差不多。前面的乌龟略略回首，后面的乌龟仰颈追随。两只乌龟的造型自然、深情到令人怀疑其出自人工斧凿，而非天成。不需要编什么故事，谁都会从中看到爱情。

这不可思议的形似啊，让我觉出巨石深邃的情感。我和小蕊站在路边看了很久。

可可托海地质公园，是雄山阔水的样本。奇峰怪石，沉默，恒定，逶迤天地之间，若一部时光之书。在这里，一块巨石或山峰像个什么，就像一棵树长在石头上，是平常之事，神钟山、象鼻峰、骆驼峰、神象峰、倒靴峰、馕峰……我们总想从中读出点什么。在山道上走了近10公里，最初的惊奇之后，脚越走越重，话越来越少，心却越来越轻盈。

作家王族有诗云：我要对你说，沉默和稳重，是你身上多么好的东西……

乔山拜村的白杨林

一个秋天的繁华深情，在新疆，且向树梢寻。

记忆会自动删除许多琐屑与喧嚣，独留一片金黄的白杨林。它是一个哈萨克族牧人的美丽牧园，居身于一个偏远的村庄——富蕴县库尔图镇的乔山拜村。除了天天与牧人和他的马儿见面，除了听成群的麻雀唱歌，它可曾记住一个充满爱意的眼神，一个徜徉在落叶间的身影？

车拐进乔山拜村，便只能顺着不宽的马路慢行。村庄确实小，绕过小学校不远，路的右边有一片树林，成排的白杨。视线向上，一抹又一抹黄绽放于天际，明丽醉眼——这就是老朱推荐的那片白杨林。

树林是一个野性的存在，其间充盈着绵细、纯净的地气的味道，不由深吸一口。树脚边的草地上厚厚的金黄落叶，仍含晓露，如绮罗锦缎，却也清冷，踩上去绵软，窸窣有声。这是落叶最美的时刻，颜色、形状均无败象，它们一枚枕着一枚，安安静静地倾听着由远及近的脚步。万物生，万物归尘。落叶之美，还在于坦然。

林间空旷处，站着一个锈迹深重的水井架，一个旧轮胎静卧于落叶间。在完成使命后，能于青草虫鸣间安度春秋，亦是福气。

而举着一头璀璨金黄傲然天际的，是前方的六七排高高的、并肩而立的白杨树。我走到树阵中央，像一条鱼回到澎湃的金黄波涛里，心肺洁净了，周身舒泰了。一片叶子悠然飘下，被我轻轻接住。它灿烂、润泽，叶脉清晰而纯洁，将如水的秋凉传递给我，也将它对根的一往情深告诉了我。我轻轻翻手，它滑出一道优美的弧线，飘落草地，融入了秋季斑驳的油画里。

一辆拖拉机轰鸣着从树林边经过，坐在车上的人大声说笑着，鸟叫声忽然稠密，旋即飞远。安静被打破了，很快又复归于安静。

我将金色收藏进镜头时，几匹黑马从树林边进来，低头吃草。一个男人向我走来，后面跟着一个两三岁大的孩子。孩子裹着厚厚的棉衣棉裤，圆滚滚、实墩墩的，绣花帽上顶着一根白色的羽毛，甚是可爱。

"这个树林是我的，"男人的普通话还不错，"要是你想捡什么东西吃，你就捡吧，没事儿。"

雨后的白杨林里会长出许多蘑菇。老朱那个吃家子肯定来捡过。

我没告诉眼前这个男人，我特意拐道来到这个静居偏僻村庄一隅的金色白杨林，只是为了带走一个置身陌生而怦然心动的自我。

甘沟行草

1

既然叫"甘沟"，怎么可能没有一条河呢？

春天化雪，或者下个暴雨，洪水量大得吓人。我没有见过，只能想象：一条河犹如黄龙驾临，逞凶施暴，攻城掠地，一路狂奔到七剑山庄，将老榆树根上的土再揭掉一层。一条沟风云变幻，河道像河道了，更多石头露出地面，羊牛都惊了一回，也见了世面……

《尔雅》解说：水注谷曰沟。在想象中，我为它复活了一条河，只因它叫"甘沟"。因为缺少一条地表河，名噪一时的七剑影视城无法蜕变为旅游风景区，只能沦为一堆废墟。谁提起都觉得可惜，我不觉得。私下里，我为它庆幸。

甘沟源于吉德勒，有大小泉十三眼。"甘沟"之"甘"，所言非虚。我们心灵最庄严的感动，都在那个"甘"字上了。供养我们的生命之水，有时候并不以河的面目出现，水量丰沛，看着固然可喜，但一眼汨汨，却长流不绝，其温柔敦厚，同样令人感激。

我最喜欢听的也是水声。十几年前，离家不远处有一条河，那条河泥沙俱下，每天早晨上班我都能看到黄浊的生活污水排放到河里的情景。但到了晚上，夜色冲淡了河水的怪味，掩住了河中的砖头和石块，水流翻过那些砖头或石块，悦耳动听、纯洁无瑕。一条河能有什么过错呢？

甘沟的水在哪里？一沟老榆树都知道。而我，虽未见过十三眼泉中任何一眼，知道它在山里，就够了；知道河在地下，就够了。水的秘境，大山的给予，仁慈无须众生祈求。

我与甘沟有缘。离开一个甘沟，上高中，上大学；工作，来到另一个甘沟。时间上，隔了七年；空间上，也许隔着几十个山头。

小时候生活过的那个甘沟，在阜康地界，藏于深山。此处沟深流长，南北走向，河坝浅处两三米，深处十几米，断面陡峭。春天雪水盛大，秋天河水淙淙。有处瀑布，最是好玩，许多小狗鱼常趴在瀑布后的石头上，一动不动，像在思索出路。

起初我家在甘沟一号立井，吃河坝水，春季水浑浊，需用明矾。冬天则需刨冰，我多次跟母亲取冰回家，挨冻受累，甚是辛苦。一年后，搬到两公里外的二号立井。依然是傍河而居，就吃水而言，却天上地下。这里有一眼泉，它捧出了世上最美好、最清甜、最富饶、最善良的泉水。那滋味深种我心，此后再未遇见。

那眼泉位置极佳，生于一山包脚下。不知何人何时发现了它，挖坑砌石，搭上厚实的榆木板子。取水那面朝向大草滩，溢出的泉水形成一条小河。从高处看，这一池泉水，就像一个大勺，长长的柄闪着银光，无限延伸，一直没入草滩深处。

那时，常在草滩玩耍，常低头凝视泉眼。泉水争着涌出，形成一股粗粗的水柱，顶得沙子翻飞，无穷变幻的水花，奇特，神秘。水柱不远处有一彩色物体，随着水花波动，待阳光照耀沙质的泉底，它便更加鲜艳晶亮，像星星，一闪一闪的。玛瑙？彩色橡皮？不得而知，是个美丽的谜。我其实是个好奇心极重的人，如果想捞它，完全做得到，但我不会去捞它，它让那一眼泉水更梦幻，总让我想起格林童话中会唱歌的泉水。

一想起这眼泉，就觉得我这一生，也有甜蜜。

两个甘沟，一个联结我的过去，一个联结我的当下。不自觉地对比，让我觉得富有。不管它们的水流到了哪里，都流不出一棵榆树的思念，流不出一个人精神的领地。在人并不漫长的一生中，它漫无止境。

2

冬天的甘沟，有着千里万里高贵的白，光芒耀眼。山外连续几天飘雪起雾，阴郁昏暗；山中却阳光灿烂，天蓝如玉，清澈若少年眼眸。被白雪覆盖的山坡线条柔和，黄褐色的山岩调和着寒凉与清寂，却更显嶙峋。我们的车沿着雪白的、弯曲不平的山路行驶，如在波峰浪谷间穿行，高低俯仰间，别有一番趣味。

车行至一片开阔处停下，我们快速跳下车。留下他们几人拍照。我向一处小坡走去，那里的阳光似乎更亮。

古榆树，高大的山崖，未经污染的闪亮的白，树荫处的寒气，明媚的阳光……世界打开了美好之门。难怪有人说，万物都在治愈你。

迎了阳光站立。寂静围过来，明澈围过来，清寒围过来，阳光围过来，一座山、一条雪白的山路都围了过来。闭了眼睛，轻，空明，有些恍惚，有些迷离，有些不知置身何处，不知今夕何夕。我细细体味着，推动意识蔓延，它无声地流淌，像一条发光的河流，穿过一粒雪、一百粒雪、一亿粒雪的肌骨，进入一条忽明忽暗的甬道。所有的雪都醒着，拥挤着，攀上风的裙裾，被阳光暖得晕晕乎乎，盛开、凋谢，犹如一朵花有过沸腾的一生。

继续，继续，让灵魂出窍吧，赐我轻盈。我要融化于这无尽的雪白与明亮。红色却越来越浓，浓得发黑，浓得发亮，亿万颗星子跳跃不停，织成厚厚的帷幕，挡住了山石，挡住了古榆树和枯草，也挡住了尖细的意念。我驱使意念冲破那道帷幕，成功了。我飞翔于群山之上，落在一块山崖上；我钻进了石头，无边的黑暗，刀锋林立。万古的静寂，意念被割伤，无力前行，它迷路了……

我从自己的游戏中撤回兵马，确定双脚还站在雪地上，脚背上一团温暖，胸口一片温热，帽檐下的双颊微微发烫。我睁开眼，世界重新明亮，亮得眩目，令我身心愉悦。我没有飞起来，肉身沉重，妄想喧哗。但谁又能说，在那短暂的游戏里，我不快乐呢？一棵大蓟茎秆粗直，形容枯槁，却毫无摧眉折腰之气，它扛过了一个冬天的风雪，好像还有一口气用来骄傲。它知道一场雪从哪儿来，又如何退却。它知道大地蛰伏、苏醒的指令。我和它对视，突然明白，真正的轻，不只是物我两忘，心无挂碍；真正的飞，不只是肋成两翼，翱翔八荒。

冬天的甘沟，安静得能听到阳光的声音。山石、古榆树、枯草……它们与阳光无限亲密，在阳光中睡去，又在阳光中醒来。万物都在接纳自己的命运，全心全意地拥抱阳光，荣枯应时，也许超越了人类的生死体验。

时间从来都不是抽象的，时间就是生命运行的痕迹。雨水以其淅沥，滴出时间的无垠；月亮以其盈亏，写出时间的哲学。在甘沟的一场白雪里，我看见了时间之白。白雪则以其雪白，传递时间的表情，它浩瀚而苍茫，前承袅袅秋风，后启灼灼桃花。在无边的寂静和寒冷中，它与我们同在。万物皆着白色，诠释着天意，让我们敬畏生命本身，同时，也保持关于春天的想象力。我们躺下，可以是一条道路；站立，可以是一座山峰、一棵树。

我们在白的世界里看到了什么？永恒、生长、忍耐、雄阔、欢欣、接纳。再也没有什么，比白雪更空灵写意，更诗情浩荡，它用自己的白为这个世界绘出了特别的风景。

常睹山中晶莹，终是人间小确幸：瞧那白雪荡漾的山顶，添了一丝柔软，少了一些锐利；瞧那一条裹着白雪奔向前方的山路，若一曲清音，令群山倾耳相听。

掬起一捧雪，可以听到雪花被阳光弹射出的清脆。往坡上一站，迎着太阳，只一会儿，就会接收到太阳送出的暖，那是一种令人慵懒而清醒的暖。它簇拥着我，加持着我，它是一种鼓舞，唤醒我的激情，帮我褪去苟且与委顿；它也雕塑着我，令我感受到泰戈尔般的欣喜：

> 我自由，我透明，我独立。
> 我是恒久的光辉。

3

车在原生态的、高低不平的毛坯公路上行驶着，想拍出镜头平稳的小视频，得捕捉平地，见缝插针，拍时手臂绷紧，维持平衡。

一路上，看到两家哈萨克族牧民，一家住毡房，一家住着由砖石搭建的平房，他们都住在路边的开阔处。一群牛，或者一群羊，盘活了整个山沟。

下车，站在雪被压得瓷实的公路上，对面山坡上就是甘沟村。长长的铁丝网，由南边的田拉到北边的田，但留了路口。进村的路平伸到山脚便升高。

甘沟村坐落于浅山坡上。远看很袖珍，被铁丝网一隔，显得更远更小。其居民多为哈萨克族人，人口不足百，二十几栋平房依山脚而建，高低错落，紧贴着彼此，衬着耀眼的白雪，显得朴拙清肃。低矮的电线划过阔大的白雪背景，像碾过村庄宁静的车辙。

这是山里常见的村庄模样，盯个几分钟，便会意兴阑珊。倦怠感催促我们上车，继续前行。未及挪脚，却发现有人走动。是一个老人，他双腿有些罗圈，佝偻着身子，从房头走出来。他缓缓地站住，用手扶了一下帽子，远远地朝我们望着。

有人说过，没有人的风景便没有灵魂。王老师一边说着"灵魂出现了"，一边转身回车里拿相机。

遥望终究是一种距离，什么也看不清。在这冬日的白雪中，甘沟村像嵌入童话的一个剪影，又像水墨画里的重心。安静无争，是它给我的印象。许多村庄都有这样的表情，于外人，既有一种治愈的力量，又有无法走近把酒言欢的小小遗憾。

可一转身，竟与"甘沟水洞"相遇。它毫不起眼，嵌于山中。这是甘沟村援助涝坝沟，于1981年修筑的引水工程。水洞长约500米，高约2米，东西走向。洞楣上刻"甘沟水洞"四字，"洞"字旁的石刻花朵仍在。一座村庄的温度与浪漫，就这么敞亮和朴素。特意在洞口听水声，沉醉，比陌上春风更有滋味。

车拐了个小弯，穿着咖啡色短羽绒服的努尔别克出现在视线里。他站在一群牛的后面，一群榆树站在他的身后。山里正午的阳光，拐道由白雪跳入他的瞳孔，他微眯着眼，耐心十足地看着他的牛。牛蹄已将白雪粉饰过的土地重新踩得斑驳，令枯瘦的秋草再现真身。

"努尔别克，你家的牛饲料不够吗？这么冷的天还放牛？"美莹摇下玻璃，用米东土话问。

"牛也要出来散个心呢，就像人一样嘛。"

努尔别克前几天才将父亲接到山里，"肺子到城里不会呼吸，我把他拿到山里就好了。"这个溅了一身白雪光芒的哈萨克族男人，说起话来，有种天生的俏皮。

"拿"到山里？有趣。

"我下星期还想出来，谁来拿我？"我说。

"我来拿你。"美莹说。

4

冬天的甘沟，万物沉寂。冰天雪地里，一沟古榆树，个个显得有尊严，繁叶脱尽，桀骜不羁，想站着就站着，想歪着就歪着，披头散发，粗根如蟒，隐风雷于地下，一派江湖任性，兼具城府。要说它会怨恨风，我不信，它咳嗽一下，都是为了撑大腰围。它太皮实了，深谙生存之道，所谓成才是人的道德要求，它所有的盘算都由根去实现，而风只为它带来季节的讯号。

古榆树群是甘沟的名片。无数百年老榆树，沿着沟谷生长，越向北去，越是走向神秘之境，最后，汇入不许游客踏足的森林。

在甘沟村路边的一处峭壁上，因为两棵榆树，我们下了车。

我去了侧面，美莹和图图去了正面。

峭壁的侧面像一堵高墙，乌黑的岩石闪着冷硬的光。一棵榆树扎根岩石，紧贴着山岩生长，已高出山岩。我特意爬上土坡，想看看它到底有多粗，在路面上仰望，其树干只有碗口粗。甘沟上百年的老榆树有很多，它看着就年轻，勇气无穷，极有韧性。它的枝干先是屈身于岩石的缝隙，卡在缝隙中的部分，灵活变通，裂变为数枝，枝上有枝，小枝缠绕大根。几个分岔处，散落着落单的小石块。三条根各自为战，目标一致。有一条根冲破岩石的禁锢，从其内部穿出，与其他两条在岩石顶上汇合，再紧密融合为一根。它的根部，只有极少的土，就靠着这一点点土，如此合而分，分而合，它最终挺起于陡峭中，开枝散叶，长成了一棵树。榆树的生存之路注定是崎岖的，但它善于随形借势，又能屈能伸，坚韧不拔，总能书写生命奇迹。安身不易，却也安了身，能将庆幸活成尽兴，榆树堪称生活的英雄。我注意到，挤压它身体的岩石，已布满裂纹，无数墨绿色的苔藓如花朵一般，从裂纹中抬起头来。

美莹在叫我，说正面的榆树才叫奇迹。我快速下了坡，来到正面，仰头一望，果然。如果侧面那棵榆树是扶桑初日，这棵榆树就是老骥伏枥。

黑色的岩崖犹如巨大的鱼脊，这棵老榆树就骑在它的尾部。它的生长完全没有章法，发飞须张，身曲肩斜，却气势压人，逼出我的一声追问：这也能活？尖细繁密、浅灰色的短枝似融入蓝天，异样的柔和。几条根像巨龙的爪子，死死地抠进岩石，又盘曲着扎入岩石。它姿态嶙峋，根多，枝干也多，竭力寻求活路，经营生存空间，生命的脉络历历可见。在最浓的黑暗里，一棵榆树怀抱信念，在不屈行走。

我走近树根，摸着树皮。只想到一个词：生命。

梅特林克说：有几个人的记忆中没有几棵挺拔的树木呢？不管是什么树，都会给过路的人一种伟大的姿态：理所当然的反抗，平和的勇气，崇高的冲动，质朴的庄重，不张扬的胜利和坚定不移。

榆树多不挺拔，但它从不缺乏对抗风雨的勇气和在险境中求生的坚韧。它在绝壁中扭曲，又从绝壁中突围，它卧薪尝胆、孤军奋战的一生，漫长而寂静，长过了我们的寿命。只要看到它，我们就立刻明白，当一棵树不畏惧所谓宿命，愿意将胸中块垒换作坚定生长的决心，它就有机会长成一棵令人敬仰的树，长成它自己——一棵真正的树，有内涵、有精神、有探索、有智慧。

而生命最伟大处，便是活出尊严，在不自由中争取自由。

身居城市的大叶榆已经苏醒，芽苞开始膨大，吐出深红色的讯号。山中野生的榆树迟钝吗？立春已过四天，它们醒了吗？我们都不能确定。从外表看，这些粗壮的榆树，像死了一样，只剩下一种表情，一种颜色。

王老师摘下一个芽苞，挤扁，再用指甲掰开，嗬，芝麻大的一层嫩绿，稀罕得让人心疼。我们知道新疆的春天需要长时间酝酿，不知道的是，榆树有一颗敏感、洞悉天意的心。

原来，万物都会从浩荡的天意里接收到春天的讯号，从最细微的地方出发，绽放灿烂与生机。

一座冰川，一条河

　　大自然长着爱恋的、神奇的心肝，它既朦胧又清晰，
既遥不可及又近在咫尺。

——阿多尼斯

一

　　大轿车在游过九曲十八弯的山路后，停在了天山大峡谷一环
线中海拔最高的天门观景点。仰望东面，青山相牵矗立云间，雄
壮的气势，令人心折。放低视线，一棵棵枝叶纷披的爬地松，点
缀在七月的山坡间，如深绿色绒线走针于翠绿色的绒毯，竟有别
样的秀丽。

　　散文笔会采风团的作家们驻足惊叹，在他们的惊叹里，我忘
记了自己曾经来过。自然这部大书，最经得起反复翻阅和欣赏，
且感觉常新。

　　观景台。面北俯瞰，视野大开，心亦旷远。乔亚草场裙摆飞
扬，旋出绿色的辽阔，也只有天空能与之对舞。

"看，一号冰川。"熊红久手指远方说。

我闻声惊喜，放眼远眺。一号冰川正安卧于天格尔雪峰的北坡，在阳光下闪出耀眼的银光。

一路上，借助着导游的解说和手中的天山大峡谷旅游景区游览宣传彩页，我与照壁山、碧龙湾、天鹅湖、牛牦湖沟、乔亚草场、天门这些风景一一相认。此刻，要不是熊红久一语点拨，我会陷入相逢对面不相识的混沌，那才真叫遗憾。

我无法丈量出脚下的观景台与一号冰川的距离，但我清楚地知道，我站在一个合适的距离。我亦发现，当我怀着一份纯粹的爱欣赏它时，我的内心便被宁静和崇高的情怀包裹……

八年前，我以一名游客的身份靠近一号冰川，触摸过冰川的寒入骨髓，目睹过源头细流汇聚的震撼景象。游玩结束后，不安一直蛰伏于心底。所幸2016年3月，自治区终于出台了一项政策："十三五"期间新疆将取缔冰川旅游。这个消息犹如春风，吹走了我心底那些细小而顽固的不安，也让我感到庆幸，为内心的不安终得赦免，为冰川终于回归清静。

政策的干预是明智的、必要的。它阻挡了热衷于将生活半径扩大数倍的、日益庞大的有车一族的"入侵"，减缓了冰川生态持续性的恶化速度。作为旅游景点的一号冰川，十几年间经济效益不佳，受到的破坏却很惊人。这账不能不仔细算算。人，不能一边享受天恩，一边辜负天恩。叫停冰川旅游，为时不晚。

有些风景只适合仰望与远眺，比如一号冰川。作为乌鲁木齐河的源头，它不需要人声车噪。这座拥有480万年历史的冰川，是自然从容走笔的结果，亦是造化给予人类的福泽。过分亲近它，危害不言而喻。

作家们纷纷选取最佳角度拍照。一号冰川被群山簇拥着，是背景里的点睛之笔，叫人不由肃然又欢喜。我静静地站着，从雪峰闪耀的银光中，听到了乌鲁木齐河的歌唱。

二

2008年的夏天异常炎热。为了避暑，我与几个朋友驱车去了乌鲁木齐一号冰川。进入乌鲁木齐河的河源区后，车走上盘山路，仪表显示海拔渐高。朋友说到了北山羊，很惋惜，"怕是连它陈旧的粪便都看不到了。"头两天读过的诗人王锋的诗句跃入脑海：

> 然而，一个多月来我们天天厮守
> 看不见北山羊，看不见从它们身上掉下的毛坨
> 北山羊隐进了山体，像神那样
> 追山逐水的兴奋一下子被泼了凉水，众人沉默。

世界上每年都有各种动植物灭绝，北山羊杳不得见，不过是此等刺痛神经的消息中的一个。以逃遁保全生存，表达抗议，北山羊会躲到哪里？

四个小时后，在柏油路的尽头，我们的越野车没有停下，而是沿着土路一鼓作气，跑到了海拔3840米的地方。路标指示前方已没有路。

下车。骤然间掉进巨大的寂静里，所有人都感觉不自在。山风清冽，天空蔚蓝得凝重。燥热早被掸拂一空，山下、山里已然两个世界。但很快，就有人发声，刻意打破那莫名的尴尬。

或许是海拔高的缘故，或许是肩负着上天派驻的特殊使命，四周这些有着紫色轮廓，与一号冰川一样古老的山，气质冷峻，坚硬傲然。低头看脚下，褐色的土地上点缀着零星的绿色，更多则是碎石。

离我们所站位置比较近的冰川有三处，分别从三座山的背阴面沿着山顶斜铺下来，像被弄脏的白色盖布，搭在山腰上，完全没有想象中的壮观圣洁。

我心里有一点失望和不安，也许，离都市近的结果，就是失去洁白。

朋友惊讶地说："两年前来看冰川时，冰舌还在山脚，现在已经退到山上了！"

闻听此言，剩下的人不禁惴惴。气候持续变暖固然是一方面，人多车稠到此一游，失于保护，已是不争的事实。

北山羊渺不可见，冰川却近在眼前。是远远地看上一眼，还是到跟前看看它究竟有多高？犹豫了片刻后，我和一个朋友向最近的一处冰川跑去。

一股喧急的流响，挡在我们面前。溯流上望，三十米外，巨大的冰川巍然屹立，它提醒着我们，乌鲁木齐河发源于此。我们躲开粗壮的水流，跑到冰川跟前。距离造成的错觉在这一刻崩塌：时光重叠在一座古冰川上，近至跟前，才发现它大到令人敬畏。我的想象突然被打开：在我目力不及之处，冰川与天格尔峰绵延上下、相与为一，正对着天空朗诵着自己的诗篇，千年万年，不曾改变。

举头向上望去，几十米高的冰舌顶起蓝天的清明，颇为雄壮。在泰山之巅，在大海之滨，我曾赞美过自然的雄奇和辽阔，叹息过自身的渺小。但在巨大的冰舌之下，我心悦于自己的渺小，我甘心臣服于它的宏伟，我甚至嫌它不够巨大，不够厚重。坦白地说，这是私心使然。

冰川远看，静穆凝固，带着些寂寞的况味。近看，才知它片刻不息。

在阳光的照射下，冰川最外层晶闪莹蓝的冰珠正在进行着一场革命。它们发出尖细的声音，奋力将凝固的晶莹打破，化为一滴又一滴水，而后汇集成粗细不一的水流，或从山岩上滚落，重重砸在地面上，或从冰舌底部突围。这些落到地面的水流循地势寻找流向，再拥抱彼此，集结为力量强大的河水，携着黄色的泥沙，声势激越，沿着千年万年形成的、匍匐着无数石块的宽阔河道，没有半点犹豫的，呼啸着朝山下冲去。

源头，原来是这样的：它是动态不息的，又是专心执着的。从冰冻到融解，从万流齐心汇聚成一条伟大的河流，一号冰川演绎出生命的另一番景象。这神圣的水源地，冬去夏至，周而复始，运行着自然的法则，输送着造物的恩典，才有了山下那丰饶的绿洲、现代的城市。

造物无言却有情。

站在离天空最近的地方，洪荒天山孕育出万年古冰川，它们一同穿越亘古的时空，在大地上写下了480万年的抒情乐章。在

"琼花落尽天不惜"的恣肆汪洋里，天格尔峰迎风呼啸、誓守冰川；在芳菲人间绿满园的季节，天格尔峰肩举一号冰川，俯瞰盆地、湖泊、田地、城市灯火。这时，有谁还不懂，它的高冷，正是它的深情？

或许，只有怀着一份敬畏和谦卑，才能真正意识到这神圣的水源地，亟须保护。否则，近身冰川，就只能留下浅薄的愧疚感。

天格尔峰的八月，保持着克制的温度。时光是如何在这里走过的，幽幽玄冰，古老的岩石碎块，凌厉的风……不必探究了。它们与时间的角力，早写在天地之间。想想看，我们也不过是天山脚下卑微的生物而已。未敢流连，我们踩着碎石，跳离了万流夺路而泻的山坡河道。

三

溯流而上。

数次去过一号冰川旅游探险的朋友在说着见闻。我却偏偏对"源头"一词上了心。我想起童年爱过的一眼泉，它溢出的泉水流进了大草滩；想起沈阳，那里埋藏着我爷爷更换掉的姓氏。

都塔尔的两根弦，鸟雀做窠的树杈，厚重的黄土，青萍之末，东方的地平线，母亲温暖的子宫，莫不是源头。

左眼里，装不下长河；右眼里，装不下山崖。双目随意一裁，便是一帧苍山流云、峡谷松柏的美景。但到底，我被山涧的流声鼎沸所吸引，那是乌鲁木齐河，它如矫健白龙，正头也不回地向山下跑去。

或许，是基因里对水本能的依赖在起作用。一见到水，我就心热。涓涓细流抑或汹涌浪涛，碧波万顷抑或黄流一泻，凡落在我眼里的，便流进我心底，成为长久的记忆，流呀流呀，无始无终。

乌鲁木齐河，系住了我的目光。我知道，我望见的是须臾，滑过眼眸的总是一段全新的雪白。

我的目光，粘在了它生气勃然的河水之上。我知道，这可能是一种宿命般的皈依。

那一瞬间，天荒地老。

溯流而上，我们在翻阅乌鲁木齐河的前世今生。只是当时心意轻慢，对一座冰川、一条河之间的巨大关联，还陷于常识性的肤浅联想和浪漫的臆想中。

离开天格尔峰和一号冰川，顺流而下时，情形变了：我的内心长出了一些星辰，它们想守住一号冰川，守住乌鲁木齐河。

在相对平坦的岸边，我们停车小憩。晚上七点，山随日映。青草芬芳的河边，仍流连着贪凉的人群。一顶帐篷，一块毯子，一个防潮垫，就承住了友情、天伦之乐。

我在河里找了块青黑色的石头坐下，暂时放空自己。

河水湍湍奔流。很快，耳朵里的声音变成了千姿百态的花朵。我凝视着流水，盯着盯着，感觉心跳跟上了水流的节奏，恍然间觉得与身下的石头融为一体。山在头顶，树在山上，流云在天，我在河里听流水。真好。

梭罗说：凝望着湖水的人可以测量自身天性的深浅。凝望一条河，什么也不想。石头如舟，载我渡着水音和浪花，我只需倾听抑扬顿挫，只需将踏实而又感恩的情绪默默地向一座冰川，一条河表白。

没有"逝者如斯夫"的感慨，不是因为它不如长江浩渺，而是因为它的珍贵。时间会流逝于人们的面容和喟叹，一条河只会流逝在大地的胸膛。乌鲁木齐河走过214公里，滋养着5803平方公里的土地生灵。它竭尽所能地供养着土地，最终散尽所有，倒在沙漠里……

我喜欢水，喜欢河流。几乎没有理由。我喜欢这样的时刻：目光随着流水奔跑，情思跟着流水飘远。蜗居城市一隅，这样的时刻并不多。

我相信，天下之人莫不爱水，爱其"利万物而不争""天下之至柔，驰骋天下之至坚"的品性。更何况，水成就了生命、文明之蓬勃。

乌鲁木齐河，带着天道的谕示，直奔山下而去。

那天，我听到内心深处的声音：任何对河流的轻慢都是对众生的藐视与背叛。

下山，是一个重返燠热的过程。我们必须回到山下，重新投入万家灯火。在那里，乌鲁木齐河等着我们……

铃铛刺镀艳的春天

藉着黄褐色的泥土无私的供养，那些铃铛刺明艳的黄花，举着一生的荣枯岁月，在山风和阳光里流转，终成了我眼底胜于世人的坦白与天真。未开时，如豆荚，酝酿灿烂；全开时，笑得恣意，金雀展翅，煞是美丽；花谢的姿态并不显可怜：失了艳黄，转为白色，干瘦而清淡，随风离枝，融入泥土，不见哀嚷。草木的本心是那么单纯，管你少雨多旱，管你沙地盐碱，它只知道生长，生长，再生长。好好开花，好好结果，活得一点儿也不纠结，一点儿也不复杂。

四月底，铃铛刺一开花，山坡上便繁星闪烁，香了，妩媚了。铃铛刺耐旱，可在恶劣环境下生长。天山脚下荒山遍布，铃铛刺却特别钟情峡门子。有了这丛丛灌木的点缀，峡门子的山坡就有了生命的律动、精神的活气。春季花开，香气漫山，清甜飘逸，直熏得摘花人儿醉。

铃铛刺的花可用来炒鸡蛋、煎盒子、包饺子，是春天赠予味蕾的一道佳品。五一小长假，跟着三位同事去峡门子摘花。车停在公路边一处人家的院外，那里空旷平坦。车停好后，发现满山浓郁虽在眼前，却一时不知从何处上山。左手，山势陡斜；正对面，是一处十几米高断裂的山岩，底下散落着几块巨大的石头；右手，是一户人家，一溜砖砌平房。

高处花朵的艳柔与山岩的断裂伤痕，是很有故事感的结合，我仰头忙着取景拍照。其他几人观察地势，欲寻找上山的路线。这时，被小黄狗从院子里喊出来的老汉，身子略略前倾着。"你的车门关好没有？可要关好啊。"他边走边喊，声音澄澈，一口本地亲切的土话就朝空气中扬洒过来："要是来个陌生人，我不知道他是干什么的，万一你们车上的东西丢了，就不好啦。"

小徐对老汉这番古道热肠急忙做了回应，一边说"谢谢"，一边去拉了拉车门，好让老汉放心。

老汉今年已有八十四岁，身体尚健。左眼患有白内障，为人随和，逢问必答。他有一儿一女，都住在市里，经常开车过来看他。他和老伴喜欢守着平房、院子和菜园子，还有这里绝无仅有的清静，不愿搬到城里。老汉家在峡门子景区的入口处，虽在路边，却不被噪声所扰。院落前那几排苍翠笔直的白杨树，轻松过滤掉了车噪。公路那边河流在望，房屋背靠青山，一年四季清宁静谧。

听说我们上山是去摘铃铛刺花，老汉告诉我们他儿子和儿媳已经包好了饺子，馅儿正是一大早采摘的新鲜铃铛刺花。

哇！我们不约而同发出歆羡之声。

老汉笑了，让我们从他家房后走。果然，穿过房后，就着矮矮的院墙，攀上两截小陡坡，便进入了铃铛刺的王国。回头一望，老汉还站在屋角仰头看我们。我伸直胳膊向他挥手，他也抬起胳膊挥了几下。

山势很陡，不习山路者，极易打滑跌跤。我凭着小时候爬山上崖的熟练，在铃铛刺间肆意穿梭，身手利落得让他们意外。待我亮得底牌，说出小时候的英勇，他们马上赐我一外号——山羊。我莞尔一笑。

左拐右让，我避过无数带刺的枝条，爬到半山腰才停下。

铃铛刺占山为王，密密匝匝，仿若蘸满了春天阳光的绿，浸透着春风明媚的黄。我向来感性，面对眼前的生气勃勃，唯有赞美。想辨别出满山的喧哗里，花和叶谁在高腔，谁在低语，它们是不是也想对我说些什么。

柔风不会笑话我对着一丛铃铛刺入神。我看见无数黄色花朵，粲然明亮，在绿叶的拥抱中一笑倾城，也听见秋日铃铛样的果实，叮叮当当，摇响了我漫山遍野疯玩的童年，以及与山相亲的所有往事。

很多野花都有美丽温婉的名字，如勿忘我、马兰花、蒲公英、紫云英、风信子、雪莲等，听得美名便如见美姿，便如漫步于班得瑞的《春野》，心情绚烂。铃铛刺开出的花，色明黄，浓稠饱满，似梵高的梦幻一抹；盛开时花瓣如双翅翻飞，玲珑精巧。这样美的花，我们一直叫它"铃铛刺花"，这名儿是野了点。反正它是带刺灌木出身，花名随了它的姓氏，想来也冤不了它。但未见过其花的人，无法想象它的美，想象会被"刺"局限。总该有个正经名儿吧，经查，叫"金雀花"。心里一惊，这名儿抓得准，形神色兼备啊，还优美雅丽。但问题也来了，正名一出，附着于"铃铛""刺""花"三词之上的各种联想和反差纷纷没了着落，最后全都九九归一了：顽皮、桀骜和野性被优美、明亮替代。

可铃铛刺的花多聪明呀，它才不管你怎么称呼它，它懂得风和星，当然知晓多刺的茎秆与绿叶的呵护与成全，它娇嗔地明亮，放心地鲜嫩，一脸无邪，满腹狡黠。

一只蜜蜂奋力扇动着翅膀，把自己甩得像一团雾，声浪汹涌，无法无天。我看着它心甘情愿地跌入花朵的诱惑，只为吮吸那甘美的花蜜。这一幕，有太久太久没见了，当视作植物与昆虫和鸣的美意。山也会感念它们的努力吧，或许三年五载之后，铃铛刺会扎根更远的那座荒山。

朋友们开始交流摘花吃花的心得。我的手小心地躲着茎秆上的刺，摘下那些最嫩最美的花朵。

看过几本植物学方面的书后，我惊讶于植物的智慧。用营养换取基因的传输，谋求基因的延续和强大，正是它们极尽美丽的坚持。这样的研究成果，早就摘除了我的心结。面对有意识却没有痛苦的花朵，我不再怜惜它是否疼痛，不再担心它是否记恨。此刻，我只是个摘花人，是被花朵诱惑，而陷于爱的欲望的人。手指上麻麻的刺痛感蔓延开来，一直持续了好几个小时。铃铛刺的花期只有两个星期，茎秆上无数尖锐的刺，却越长越硬。而我，对这些刺给予的痛感毫无怨尤。

那些在书本里、在生活里陪伴过我们的花草虫鱼，被我们爱着，也被我们忽视着。它们是我们感怀生命的镜子，以至于我们那样甘心感动于、移情于植物和动物，并且从来都一厢情愿，即使知道意义的流向完全是单向的。"我们与万物的隔离，何妨我们与万物的情谊?"所谓一松一竹真朋友，山鸟山花好弟兄。有时我想，这种执着，缘于摆脱孤独的努力，亦缘于人性深处的柔软。

我迷信书本，或许是因为我极少与一朵花认真相对。此刻，我停下来，看看它们。

眼前的金雀花，被阳光加冕，被山风拥戴，明亮而清香。它的明黄，令人欢喜，再没有比这更喜悦、更温暖的颜色了。明黄色，总是能瞬间融化当下情绪里的小冰块。而花朵，就因为美，让人感受到植物的庄严、天地的仁爱，从而心生自重，去爱自己，爱这个世界。

芦苇在飞翔

出了白水涧古城，向东拐，便走上了金黄色的木栈道。目光从那半截古城墙上移开的时候，你的心还在从导游那里听来的历史故事中游走。

当那一大片芦苇突然间撞进你的眼帘时，那个关于芦苇叶上三颗牙印的传说一下子从你心底涌现，使你的心倏然从思古情怀间抽离。眼前这片绿海，以生机勃勃、活力无限的气势告诉你，这里是芦苇的世界，是芦苇的天堂，是16万亩湿地与你的亲近。

阳光倾注在芦苇上，于是，你满目摇曳着披了银光的绿，婆娑着芦苇和风交谈的声音。

你先前没有切身感受过达坂城的风力，站上了木栈道的那一刻，身体便像裹进了风里。它们从目光尽头长驱而入，脚步密密匝匝、结结实实。它们从你耳边掠过，急匆匆地滑过你的面庞，像是要赴一场重要的约会。你觉得风有些大了，大得都有些恼人，眼睛不得不眯起，还得小心帽子被它掀飞。

芦苇对风的态度，却从来都是谦恭而忍耐的，不管是和风还是怒风，它们从不躲闪，像所有具有出人意料的智慧的植物一样，芦苇深谙随势借力、顺应自然的道理。风歇止时它们就安安静静地养精蓄锐，望着蓝天白云出神；风动时刻，它们必欣然起舞，在一阵阵紧锣密鼓、狂放不羁的风里，一个下腰，又一个下腰，动作优美，姿态婀娜。

它们送走一场又一场温柔的暖风，迎来一场又一场清冷的秋风。它们将种子交给每一缕新到来的风。要知道，一亿芦苇的种子中大约只有一颗能幸运地飘到遥远的地方，从而摆脱从生到死、不得走动的宿命，实现扩张领域的雄心。为了这亿万分之一的希望，它们总是竭尽所能，不知疲倦，从不抱怨。

而眼下，站在达坂城16万亩湿地的广阔里，站在达坂城多风的七月里，芦苇是天地文章中最柔美、最活泼、最深情的一笔。它以柔韧的风情，守望古城断壁的沉默；它以喧哗的笑浪，向巍峨端肃的博格达致意；它以赤子的心肠，回报日月春萌秋萎的坦然。

回头望，在白水涧古城遗址上，依稀可闻它最初的硬气与豪迈。

时光，在半截古城墙上写下历史，也在新生的芦苇荡中埋下希望。

有些植物因《诗经》而贵，如木瓜、木桃、木李。芦苇虽以"蒹葭"之谓早早就摇曳在《诗经》里，却没有那般走运，更别说跻身梅兰竹菊的行列，成为诗人托物言志的对象了。

比之芦苇，很多人觉得"蒹葭"的发音和字形更为优雅浪漫。"蒹葭苍苍，白露为霜。所谓伊人，在水一方"，整个画面透出人景合一的清丽。

而你觉得"芦苇"的字形及发音，柔婉也更温暖。说到芦苇，你的脑海顿时出现绿波汤汤的夏之繁茂，芦花飘荡的秋之苍远。那团团气象，那群像精神，非其他野生植物可比。

你什么时候见过芦苇画地为牢浑浑噩噩？凭着极强的适应性，它们在全世界有水域的地方安下自己的家，绿浪翻涌，气势磅礴。江河湖泽、池塘沟渠沿岸都有它们的影子，甚至在沙漠一片积雨形成的小小洼地上，也能相互携手完成一场生命的荣枯，一起昭告天地：我来过。

你什么时候见过芦苇顾影自怜离群索居？有人说，群居才能产生勇气，才能产生平衡，才能产生力量，才会便于生存。没错，选择群居来达到共生共存，甚至蔚然成海，这正是芦苇令人感动的智慧。如果说倒挂峭壁的孤松是个人英雄主义的绝好样板，芦苇荡便是集体英雄主义的写真。

你什么时候见过芦苇骄矜不驯难以亲近？它们与你的生活息息相关，从古至今，一刻也没有淡出你的生活，回避你的视线。想解渴充饥，想以之入药，嫩芦根你挖走便是；想包粽子，取其清香，芦叶你摘走便是；想编织苇帘、苇席、芦筐、箩筐、簸箕，芦苇秆你割走便是；想盖房子，你便施展巧手，将芦苇编成苇墙，用芦苇来织屋顶便是。芦苇画绿色环保，野趣横生，买一幅挂在家中，朝夕啜闻乡野气息，随你。

你稀罕芦苇。因此，路过焉耆湿地，望见那浩荡的芦苇绿波时，你会莫名兴奋，于是同伴会放慢车速，由你将身子探出天窗，吸一口湿地飘来的芦苇清香。因此，在五家渠一〇三团凰家梁湿地，你将一腔感慨留在七月沙漠酷烈的阳光里，久久望着绿宝石般的海子。芦苇聚在水中央，成蜿蜒之势，可望而不可即，你知道，它们才是这片海子骄傲的子民。

在诗人那里，你可以看到与天地日月同在的芦苇。它们站立于每个季节，是大地踏实忍耐的孩子，完成着生命的轮回，也守望着人间的喜怒哀乐。

它们似乎在不经意间见证了诗人的一段履痕，一节沧桑。曾陪伴过唐代诗人刘禹锡的月下独行，应和过贾岛送别友人的脉脉离愁。在杜牧旅居他乡，自嘲哀吟不知所起时，是雨中的芦苇织起一片凄迷的秋声，点破他的孤独。

当白居易自伤感慨"忽忽百年行欲半，茫茫万事坐成空。此生飘荡何时定，一缕鸿毛天地中"时，迷蒙春雨中的芦苇便肃然于诗人那微蹙的眉和轻声的叹息。

你看，夕阳西下的官亭边，大片的芦苇如雾如海，映着流霞的红与暖，轻轻触动了老年杜甫沉郁的心。

芦苇简直就是一首又一首经典诗篇出世的引子。

作为见证者和倾听者，它们在诗句里总显得内敛含蓄、善解人意，默默地眺望着诗人起伏的心潮、动荡的情思。它们既是风景，也是背景。谦卑又体贴，辽阔又洒脱。

它们随着那些诗句一起，由几千年前秋风萧瑟的季节，令人怅然的日落时分走到阳光明媚的当下，并将去向未来。而未来，在滩涂、在水域、在新疆沙漠边缘的海子里，在达坂城的16万亩湿地上，芦苇都将继续作为抒情的背景，作为休闲的快乐，作为自然的心跳与人和谐共处下去。

而你，只需在蓝天白云下，听风穿过芦苇，听苇叶与风和鸣，听着飘散着阳光味道的音乐；只需将七月的绿色悬于记忆之壁，在达坂城湿地青色的辽阔中尽情地呼吸、欢歌。

浩荡的绿、无垠的蓝，涂抹出耀眼悦心的天和地。芦苇与你如此之近，你轻轻俯身，擒住一根芦苇，细细端详它翠绿的叶子：三颗牙印排列在腰际，凹凸有致。

没有变，无论它长在哪里，它都带着那个印迹，像束着一款特别的腰封，等你惊叹。

在见到这段文字后，你去观察任何一片芦苇的叶子，看看每一片叶子的中段，是否都印着几颗牙印。

是真的。不信，你去看。

是不是很奇怪？

古希腊神话中关于芦苇的传说很浪漫：牧神潘追求仙子绪拉克斯，逃跑的仙子为拉东河所阻，就祈祷天神帮助。天神将仙子变成了一株芦苇。牧神潘伤心之下，把芦苇做成芦笛，将思念吹向天边。

芦苇一定得由仙女变成故事才够唯美，芦笛用来表达爱情和思念，情怀才够动人。

可为什么所有的芦苇叶上都有几颗天然的牙印？古希腊神话里的芦苇是情急之下的隐身，是它忽视了牙印，还是欧洲大陆的芦苇与华夏大地的芦苇长得本来就不一样？这也是你很想弄清楚的问题。

现在，你捧出心底那个沉潜了很久的民间传说——由你的母亲的奶奶说给她，她又说给了你。

光阴回溯至汉代，一路寻夫的孟姜女，风餐露宿，吃尽辛苦。小解时躲进了芦苇丛，芦苇扎了她的屁股，她抓过芦苇就咬了一口。从此以后，每支苇叶上都有了三颗牙印。

最初你觉得这个传说不够凄美。现在你觉得，它毫无忸怩，朴素可喜。

神话传说里的悲伤和恨大都像火焰，直教天地山川变色。不然，就没有梁山伯和祝英台的双双化蝶。旷世的忧伤，总得记录下来，以彰显天意，予人警醒。民间常常将这个记录的任务交给植物或者动物，比如芦苇。

望着风中柔软的芦苇，你不禁想，芦苇的秘密是在何时，由哪一双细心的眼睛发现，又是被哪一个喜欢寻幽探微的人编成了故事呢？

在这个地球上，我们是最后到达的客人。万物中有太多潜秘，需要我们去破解。上帝造物的用心，绝非一个传说可以解释。但传说到底是可爱的，你能在其中嗅出民族心理、文化和历史的沉香。

关于芦苇的传说，一直寂寞地沉在你的心底。这个传说从南方飘到新疆，至少也有四十年了，但所知者寥寥。

还有多少这样的传说，还有多少事情的真相，被埋在荒野，被埋在时光的深处呢？

白水涧古城墙上的沙土又被风吹走了一颗，达坂城的芦苇在七月的风里绿得汪洋恣肆、洒脱灿烂。

你怀念产生传说的黑夜里的眼睛，也留恋达坂城湿地上芦苇的飞翔。你贪婪地想永远拥抱一块湿地的绿，拥有高空流云的广袤，美丽的达坂城，可以吗？

岩画边的雪书

　　山并不算高，坡却陡，每多爬一步，就离山顶上的石头更近一点，离美莹、小蕊、老朱、赵哥、老唐他们几个更远一点。回望山下，他们的身影小小的，跟山脚的石头一般大。手卷在腮边，冲着他们喊了长长的一嗓子。赵哥说，喊山能锻炼肺活量。

　　到了山顶，才发现岩石不是一块，而是一组，呈铁锈黄。洒在岩石平滑处的阳光，像迸溅开去的水珠。临近中午，有一道无形的阳光飞瀑，从岩石上滚落。

　　苔藓已然苏醒，撑起明黄而细幼的身体，在一块矮小的深色岩石上开枝散叶。南方石上的苔藓绿色润泽，如白居易所言"幽芳静绿绝纤埃"。天山脚下的石上苔藓，却喜着明黄和橙红的艳丽衣裙，张扬而热烈，与早春艳黄的顶冰花相呼应，活得很有态度。

　　我在最大的一块岩石边停下。显然，历经多年风化，它正走向解体。原先平整的切面，交错分布着无数横纹和竖纹，一道道规则的裂缝，看得令人惊心。用手一掰，竟掰下一块，四四方方的，握在手里很沉，感觉冰凉。什么样的坚硬能抵得过时间呢？

这样一想，山风里有了刺。

我围着这一组岩石转了几个圈，在石头上细细地搜索，希望能发现羊啦、骆驼啦、鹿啦等动物的图案，但无果。我相信，曾有人像我这么干过。

后来知道，这些凸起于山顶的岩石是火山灰凝灰岩，整座山属于穿窿构造地貌。于这座曾经发现过近两百组岩画的山而言，我是个迟到的游客。不过，我比山下的朋友们要好一些。毕竟，我在一位哈萨克族朋友的带领下，走进铁丝网，穿过丛丛茂盛的荨麻，亲手抚摸过那块黑石头，认出黑色石壁上的羊、骆驼、鹿、马、狗，还有一朵野生郁金香。我们出来后，门又被重新锁上。守护岩画的是一位哈萨克族妇女，四十多岁，她家平房紧挨山脚。她丈夫去世后，村里安排她接替了丈夫，继续看护岩画。那时，停车场的石壁还没有刻上"独山子岩画"五个篆体大字。

其实想看岩画，只有这一个门可进。停车场旁边的土坡，围着一道拉得很长的铁丝网，猛一看，还以为一座山都被保护起来了，满山的石头上都有岩画。打开虚锁的木门，进去后才发现，还有一道更长的铁丝网护住了山腰以下的部分。站在铁丝网外往下看，看不到那块有岩画的大黑石。

岩石就是岁月，岁月即是消亡与新生。从二十世纪八十年代发现岩画，至今已有三十多年。据最初的报道文字，从山脚到山顶，约两万平方米的斜坡乱石上分布着各类题材的岩画，有近两百组。现在被保护起来的那块宽3米，高4米的大黑石头，虽然崩塌、碎裂，风化十分严重，然光滑之处，动物图案仍清晰可见。据说，那些岩画是3000年前的先人留下的。时间正在改写一切，要去独山子村看岩画，还来得及。

独山子村很小，隶属米东区柏杨河乡。村中有一条直直的土路，贯穿东西。路两边平房相挨，居民大都是哈萨克族人，他们的生活是神秘的。站在山顶俯瞰，这种感觉更为强烈。村庄背靠河滩，一到春天就激情四溢的水磨河，正无声流淌，但当我望向它，河流的声音便漫过心间。这样的河对天然降水量很少的新疆来说，尤其珍贵。以水磨河为界，河那边的山头属于阜康市。这时，一个牧人赶着几头牛从河坝进入村子，村庄立刻变得生动起来。

转身回望群山，视野里突然出现一群正在吃草的雪白山羊。它们站着打量我，没有急于走开。我怕吓跑它们，于是站立不动，举起手机拍照。远景一张，近景一张。它们开始移动，也许是警惕我，也许只为下一口草。我希望它们能放下戒备，好一会儿，才试着向前挪动步子，停在距它们约十米处，不敢再动。它们没有躲，我看得更清楚了。山羊真是漂亮啊，它们一身雪白，如披长氅，很有风度。那顺在肚皮下面的流苏样的长毛，衬了阳光，便带上了一丝仙气。它们一边望着我，一边不停地咀嚼，胡子跟着一翘一翘。有两只山羊很淡定，一只背对我卧着晒太阳，一只干脆头全部贴在地面上，脸也贴在地面上，嘴一拱一拱地吃草。

它们会遭遇寒流和频发性的蹄伤，受寄生虫迫害……此时，面对一群艰难寻草的羊，我感觉离它们很远，又很近。大部分时间里，它们是文字上的，也是餐桌上的。写到这里，内心涌起一丝羞愧。但是，一句哈萨克族谚语跑过来救我：你死不为罪过，我生不为挨饿。哈萨克族人早已悟透了生与死交换的生命哲学，此刻，我轻易穿过文化上的隔膜，站在哈萨克族人生命理念的一边，似乎天经地义。

眺望群山。前两天一场雪后，层叠的山峦，又重新披了白雪。气温升至零上4摄氏度，山顶上，雪已褪尽，露出本色，成为山羊寻草的所在。半腰上、山窝里的雪不知能留多久。四面山峦，一如既往的壮美、硬朗和沉寂。相同的山景看了半生，如今看山还是山吗？我看我，仍然是我。

降低视线，发现下面山坡处还有一只羊，欲走还留，估计是将草根啃到嘴后，再去追羊群。这只羊，到底是要吃草，还是为了引导我去发现呢？我看见了，看见了那个印在山窝厚雪上的大大的"心"。是哪一个牧人的画作呢？也许是怕形状不明显，他的脚在原地重复踩了许多遍，勾边的脚印清晰可见。这浪漫的心意，那悠远的情丝，在雪地上盛开，是给一座山，给蓝蓝的天，还是给一个人？

我想起了哈萨克族人"下雪书"的习俗。

幸运啊，若不是偶然间爬上山顶，哪里能看到这样的画面？洁白的雪，为一切心有善念的人提供了寄情抒怀的画布。

明月出天山，天山五月尚飞雪。不敢预言此刻见到的是不是冬天的最后一场雪。但能肯定的是，美好的心愿永不绝迹。它不在绵厚的白雪之上，就在清凉的雪水之中，要么，它就在即将盛开的野花里。

有些石头是有故事的，比如拥有岩画的石头，有些雪也是有故事的。那些书写故事的人，才是这座山的知己。

白鹭于飞

　　说起白鹭，谁会想不起"两个黄鹂鸣翠柳，一行白鹭上青天"的诗句？风穿过它的身体，云飘进它的身体，它飞得太高、太美、太飒，令人望之欣然，暗生凌虚之意。

　　以为它会一直在诗中飞，我见到它的可能性小之又小，毕竟它是"大气和水质状况的监测鸟"，对环境与水质要求甚高，殊不知，环境变好，机缘便到。在政府持续治理之下，夏季蓝天碧水的塔桥湾水库、芦苇深深的卧龙岗水库，引来了美丽的白鹭，它们落地成仙，捕鱼嬉闹，成为风景中的风景，飞进了摄影家的镜头，也飞进了我的眼睛。

　　但留在北方酷寒的冬天，它们却要受苦，在艰难中求生。

　　雪原上徘徊觅食的白鹭，寒风中瑟瑟发抖的小白鹭，鱼塘边冻掉了脚趾的白鹭，打斗中重伤了喙的白鹭，死在冰面上的白鹭……当十几只白鹭只剩下两只，当天气滴水成冰，摄影家再也忍不住内心悲怆，他收了帐篷，结束了二十多天的跟拍。2019年的冬天，他的朋友圈弥漫着忧伤和无奈，那些消息令我一再揪心。我问摄影家可否投食进行救助，他说可投，但杯水车薪。久发善心，并非易事。

2022年正月初八，我跟随摄影家王老师到了他隐秘的拍摄地——一个私人承包的鱼塘。鱼塘隐在冬日的旷野中，厚厚的冰层上有两只"大眼"，"大眼"边站着几只白鹭。看到这一幕，我想，这个鱼塘的主人应该得到更多的福禄与安康。

两个鱼塘各有一个变频增氧机，轮流工作四十分钟。一开，便顶起一圈雪白水浪，水浪一层一层荡漾开去，形成一个幽蓝的圆形水域，像盈盈一汪的大眼睛。当增氧机安静下来，水波渐息，鱼儿便会从冰层下游出，吸吸氧，看看天空，而静伺水边的白鹭，绝不给它逃脱的机会。

在增氧机的轰鸣声中，王老师拿出塑料布开始做伪装。我下了车，全方位眺望。在鱼塘北面稀疏低矮的芦苇丛中，我发现了白鹭修长的身影，数了数，共八只。它们长时间一动不动，不知是在晒太阳，还是在积蓄捕食的力量。正是下午五点半，一天里最后两小时的稀薄阳光无力却很珍贵。

用手机拍了几张照片后，我回到车里。王老师已做好拍摄准备。等了十几分钟，这边的增氧机停止了工作，喧哗散尽，水面很快平静下来，另一边的增氧泵开始轰鸣。一只白鹭首先反应过来，撇下另外两只，展翅向这边鱼塘飞来。它从挡风玻璃前飞过时，我不敢眨眼睛，怕错过这绝好的近距离欣赏机会。飞翔时，它的脖子不是伸直状，而是弯曲成S形。它张着翅膀滑翔而来，似白衣仙子衣袂飘飘，轻盈地落在幽蓝的水边，美丽又高贵。少顷，另外两只白鹭也飞了过来。它们极有默契地各据一方，静气曼立，白羽与白雪冰面辉映，画面清新而和谐。许是有鱼跃出，两只白鹭同时伸长了脖子，眨眼工夫，一只白鹭一头扎进水里叼出一条小鱼；另一只白鹭便收回脖子，毫无争抢之意。

但这和谐的一幕很快被打破了。身形强健的"王霸"来了，它在水边绕了半个圈后，突然拉开架式，大张羽翼，像举着双剑，气势强大地扑向一只白鹭，白鹭仓皇躲闪，后退几步便飞离冰面，去了芦苇丛。"王霸"又作势扑向另外两只，赶走了它们，独占了鱼塘。这一切，发生在几秒间。王老师抓拍的哒哒声像自动步枪在射击。瞧着它英武、霸气又强悍的样子，王老师觉得眼熟，它莫非是去年打架受伤的家伙？他还不能肯定，除非看到它喙上的伤口。

偌大的冰面上，巨大无波的眼睛边，"王霸"紧收翅膀，缩头缩脑，像要藏身于又厚又长的白氅，黄色的长喙却犀利地插进寒气。这鸟中贵族，迅速进入捕猎状态，仿佛遗世独立，背影幽寂而落寞。它以超强的耐心融入天地的寂静，成为寂静的一部分，等待鱼儿露头。

突然，"王霸"身子一挺，伸直脖子。几秒钟后，它精准出击，迅速将鱼叼出，一摆长喙，一仰脖，鱼便滑溜地进了脖子再入胃中。它吞咽，而非咀嚼，进食速度又快，整个动作行云流水，简洁从容，令人不觉它吃相狰狞，反觉得未失仪态和体面。

它调整了方向，刚好侧对镜头站立。王老师将镜头对准它的头部放大，正是它，那个刚猛的家伙，不惧欺凌，勇敢还击。它黄色上喙裂了一个细长的豁口，绿色的眼睛圆睁着，看着悲怆又沧桑。

去年春天气候反常，雨水少，植被稀。白鹭孵化期推迟，待到秋季南迁时，几只小白鹭发育未全，无法完成长途飞行。白鹭不愿抛弃小白鹭，便留下来陪它过冬。几个家庭抱团觅食，苦度寒冬，这既是一场豪赌，更是白鹭家庭成员间生死相守的不二选择。冬季来临，几处水库封冻结冰，这个鱼塘成了无边寒冷与荒芜中仅有的水面。白鹭不懂得吃雪来补充水分，食物来源单一，一旦农民的鱼塘封冻，无鱼可捕，这些精灵便必死无疑。生存资源的匮乏，让打斗成了常事。"王霸"的喙受了重伤，却顽强地活了下来。天知道它受了多大的罪。它的妻子呢？它的孩子呢？它为什么没有飞到南方过冬？

每一只白鹭都有自己勇敢求生的故事，记录在照片上的瞬间不过是短俳断章。北方的冬天，对这美丽的鸟儿是一场残酷的生存考验。我希望"王霸"能快快捉条大鱼，吃得饱饱的，然后离开，让位给其他白鹭。

时间无声流过，我像在看一段默片。突然，它伸长脖子，随即翅膀一张，轻盈划过白色水浪，一头扎向水面中心位置，叼起了一条大鱼，顺势飞到了对面。鱼足有半公斤，不甘心地扭动挣扎，"王霸"几次吞咽不成。它有它的办法，将那不驯服的大鱼摔在冰面上，连摔了几次后，叼起鱼走到水边，将鱼丢进水里。我正疑惑，它又迅速将鱼叼了出来。这次，湿漉漉的大鱼终于被它的长喙捋顺，先头后尾进了脖子，却卡在脖子里，将脖子撑得粗了几圈。我正替它发愁，它迈步至水边，喝了一口水，又喝了一口水，两口水后，它的脖子恢复了常态。好一番"冷水冲服"，让我惊让我叹。

它放喉一声鸣叫后，心满意足地飞走了。四只白鹭依次飞来。它们同时捕食，需要更多的耐心与等待，还要拼专注、比机敏。也许它们之间会发生打斗，然而物竞天择，适者与强者生存。我除了敬畏生存法则，更尊重白鹭之间的相处。多亏有这片活水，多亏有这个鱼塘，我在心里对鱼塘主人说了声：谢谢你！

我们来的这天是正月初八，已然立春。严酷的生存考验中，还有一个倒春寒。如果没有倒春寒，这些挺过了冬天的白鹭将迎来春暖花开，孵卵生子，嬉戏捕鱼，过上充满希望与挑战的新生活。蓝天碧水间，我们将无比快乐于它们的飞翔。

水流于水上

　　克孜尔石窟，开凿于公元三世纪末四世纪初叶，这比敦煌石窟还要早300年开凿历史的宝贵艺术遗珍，隐于浓密的树影之后，被一道电动安全门牢牢护住。刻于灰白花岗岩上的"克孜尔石窟"五个大字，古朴、厚重，在微雨中，沉默地接受着我们复杂的目光。

　　乌鲁木齐游客？海南游客也不行。参观需要提前一两天在网上预约，一天1000个参观名额。工作人员和颜悦色地解释道，没有通融的余地。第二天再从库车过来？同行的六位伙伴不会同意。

　　咫尺天涯，夙愿难偿。能怪谁呢？到底是功课没做足。

　　正惆怅万分，细雨竟停了，这打消了我们到车上避雨甚至原路返回库车的念头。我转身拐向几棵旱柳，没想到石板小径后竟是一处观景台。先是看到远处头绾白纱的丹霞山脉——却勒塔格山，接着，视域一开，心胸一振，渭干河，就这样突然流入眼帘，仿佛一匹软锻飘过荒原沧桑的躯体，宽阔得令我意外，一股属于河流的特殊气味，令我感觉亲切而温暖。

这就对了，克孜尔石窟的近旁怎么能缺少一条河流呢？就像我们的家园不能缺少土地，我们的吟唱不能缺少倾听。

渭干河，《水经注》称"龟兹西川水"，是龟兹境内流程最长、流量最大的一条灌溉河流，曾是龟兹文明的摇篮。渭干河水一部分来自木扎提河，一部分来自克孜尔河。两河在克孜尔石窟西边汇合，拐头东流，便成了接力、传承、壮大的渭干河，如蟒伏大地、鲲游平原，成为库车、新和、沙雅、拜城四县生存与发展的重要生命线。

此刻，因为一场雨，它半身青绿，半身土黄，绿水汤汤，天青云破；泥浆淋淋，浊风呜咽，令我瞬间想起黄河入海时黄汤与海水相撞而形成的那道青浊分界线，那是短暂对峙的开始，也是永远相融的开始。大海终究是大海，有容乃大。它也让我想起白居易笔下的"半江瑟瑟半江红"。我相信夕阳晚照里，渭干河也会有绚丽的风情，但眼下，它与天地有着另一种质朴的、浑然的契合，清浊相互激荡，演绎出水融于水的浪漫，水包容水的大度。

无数忽隐忽现的漩涡，绿色的，黄色的，在河面上柔软地、自由地燃烧，裹着枯草败叶的黄汤从我眼皮子底下疾流东去。我发现，别看河水如泥浆，却生动地显影了水的运动，漩涡朵朵，快速绽开又倏忽闭合，此消彼长，变化万端，如梵高旋转的星夜，周而复始，无止无息。我无法形容它的变化之美，幻化之速。我的目光一会儿投向广阔的河面，惊奇于它半青半黄的矛盾与统一；一会儿注视着堤下黄浆中呼叫的小草，对草根与泥土被剥离的命运心怀戚戚。

渭干河以如此面目示人，也许正是上天的美意，让我与一条地处北纬41度的南疆河流相遇。它早知我们会错过石窟，便在我们行至半道时，广布了一场细雨，为河流换装，予荒原润泽。它令雨水滑下山巅，千沟万壑合为一股，携着泥沙，抓起枯草，冲进渭干河。雨水的加入，抬高了渭干河，壮大了它的声势，催生了它的激情，增添了它的活力。

这水流于水的进行曲，掀起无尽的势能与动能，混合着大山的气息、泥土的气息、野草的气息，还有一种说不清的旷野之气，低低吼着，剑指远方。我也像被急流裹着，紧随它的背影滑入苍茫。对面或者天上，有一些话语飘进了耳中，凝神细听，却只有河水的流响。

渭干河是一条流淌着无数故事、见证过历史的河。东西246公里长的却勒塔格山自然洞晓这一切。当我注视着河水，却勒塔格山也在注视着我，就像注视过世世代代，一茬又一茬在渭干河边认真生活的人。他们汲水、洗衣、饮马、歌舞，将河水与炊烟兑成唇间的酸甜苦辣咸。他们抢起坎土曼，扶着一牛抬杠的木犁，唱着《犁地歌》，额头上闪着晶亮的汗珠。盛夏时节，他们跳起苏幕遮歌舞，戴起面具，或持索捕捉行人，以戏谑祛除不祥；或用水泼洒行人，祈求凉意，那洒出去的水，带着渭干河的清凉。日暖风晴，花木扶疏，绿荫绕廊，他们闲坐在小院凉床上，望着厚实的土墙上开出的一朵白云，任由渭干河的低吟灌进耳朵，再从心尖上流过。当夜黑了下来，他们仰望着头顶明亮的星星，说起与渭干河有关的传说与民谣，说起克孜尔石窟中一个供养人的美德。有一天，兵荒马

乱,他们朝着克孜尔石窟的方向望了又望,那里注定会有一场
劫难。风凄厉地一头扎进渭干河,荒原沉重地喘息,天空黯
淡,丹霞山鲜艳得要喷出火来……

而克孜尔石窟就在我背后,像明屋塔格山半睁半闭的眼睛,
像遥远时光的一声轻叹。那些从网络上看到的壁画图片,那些关
于它的文字,慢慢围住了我。

我看到一些奇怪的人,在塑像前久久伫立,在壁画前发出惊
叹,他们贪婪兴奋的眼睛灼烧着石窟。一个又一个石窟在我眼前
坍塌,一个又一个壁画在我眼前被揭下,它们被剥离原生的土
地,被劫掠到西方,成了西方博物馆展览的耀眼文物。

克孜尔石窟再也不可能恢复如初,但它从兴盛跌落至式
微,穿越千年却依然存在。它曾经的灿烂,价值无上。它如今
的残破呢?吉光片羽,仍是稀世珍宝。诗人沈苇说:"西域石
窟之母、故事的海洋、打开敦煌莫高窟的钥匙……这些说法用
在克孜尔身上一点也不为过。但克孜尔内敛、隐匿,将光辉的
冠冕交给了敦煌。"克孜尔石窟,这凝固的历史,书写了一节
文明嬗变、文化转移的篇章。那么,存在便是价值,无论它在
时间和人为的破坏中变得多么残破。在时间的河流中,人生是
微而又微的波浪,但这并不重要,重要的是人在精神上的自
渡、在文化创造与传承上的追求。种种努力,都是一种向远
方、向未来宣告自己存在过的自信,既有悲壮的意味,更有明
亮的勇敢。

像古龟兹人摩挲已久的横笛,渭干河在荒原上低鸣千年。它
与一座山崖相望千年,有了它,克孜尔石窟就多了一个故人。雨

水无数次将种子、泥土和石头带进渭干河，丰富了一条河，壮大了一条河，培养了一条河，而渭干河无数次接纳了它们，一起去往远方。当水从水上流过，那不仅仅是一种汇合，更是彼此的呼唤应答，是源与流的相认相亲。渭干河送走了忧伤，送走无数虫鸣与春天，却并未随岁月老去，正如受伤的克孜尔石窟在新世纪得到了保护一样，渭干河两岸也焕发生机，它越来越深沉，也越来越年轻。

总有些什么是可以留下来的。被时间掩没了千年的人的声音、花开的声音、石头滚落的声音，都会被一条河收藏。我在谛听，我在辨认，我也在拥抱。

这不舍昼夜的渭干河。

这不知日月的却勒塔格山。

这静度春秋的克孜尔石窟。

它们都从远方而来，又向远方而去。而我们，站在被尘封的生活上，不妨领受与它们相遇的时刻。

一只鹰在天空盘旋，天空似乎比先前亮了一些。站在一条河边，时间缓慢下来，心静了下来，耳边只剩河水的低吟。我是我，水是水，山是山，对岸的夏草葱茏灿烂。

我们的旅行已来到第六天。大多时候，坐在车上看风景，穿过不断升高的山岭和轻盈饱满的绿色，我讶然于开阔，哑然于陡峭，默然于蓝色山脚下的一丛金黄的花和突然跳出的一条瀑布。随着风景的不停转换，心里似乎越装越满。在车上，我们彼此挨着，离得如此之近，一扭头对视，就能看到对方眼睛里反射的自己。我们是老伙伴，为一同出行谋划了两周，一人提议，众人附和，人人为之激动。一种亲切的、熟稔的感觉令人如此安心。

然而，我还是想和一条河在一起。哪怕只是片刻的放空，片刻的停留。和一条河在一起，我享受到的安适是悄然的，隐秘的。没有人知道，只站立了二十分钟，我就被一条河治愈，掸去奔走的浮躁，找回内心的宁静，像失眠的人拥有了十分钟的深度睡眠，醒来后焕然一新。

陌生的渭干河，也是亲切的渭干河。

我爱一条河，没有特别的理由，如果有，就是心灵的需要。最初爱上的那条河，叫水磨河，属天山东山支脉。记忆中的水磨河晶莹闪亮，布满石头的河滩像难分胜负的围棋棋盘。小时候，父亲和母亲带我们去水磨河，他俩合力截流，拦出一片水域后，我们便开始捉鱼。等水桶里装满了黑狗鱼，欢快的笑声便化作了点点碎银，在河面闪耀，在记忆里闪耀。我还兴致勃勃地在河滩上捡过石头，我一直以为，只要我还记得曾经举起一粒红色的鹅卵石，给父亲看过，又给母亲看过，我便握住过幸福。

有了一条河，生命与回忆就不至于枯索、无望。它是大地的琴弦，是生命的吟唱。也许我的行走，就是在寻找一条河，追赶一条河。突然间，未看成石窟的遗憾消失了。人生可能就是如此，有未偿的心愿，也有意外的相遇。

"快看！快看！"小蕊和恃玉指着天上喊道。我一抬头，只见乌蒙蒙的云层中，露出一只形状完美的"大眼睛"，"大眼睛"的边缘是太阳射下的道道金光。这亦是奇特之景，就像雨后的渭干河。等用手机拍过几张照片，再次望向河面，我又一次惊住了：

黄色的雨水已消失无踪，渭干河全然恢复了青绿。河水泱泱，波光粼粼，数不尽的青绿水花灵动轻盈，那么美，那么从容。

空气中依然弥漫着淡淡的土腥气、浅浅的野草味。渭干河，依然是渭干河。喧哗过后，浑浊过后，沉淀过后，便是清明。当然，并不是只有一条河才会这样，就如梭罗所言，"我们内心的生活就像河水……"

塔城四帖

我挪动鼠标，地名依次显现出来，鼠标像劈波的大船，像裂土的犁铧，像巡视草原的大风，吹低了草，牛羊乍现——星星点点的地名，在塔城的胸膛之上闪烁。

在最西的边境线上，由南往北，我看到巴克图、塔什庄、八里村、塔斯肯、安家庄、李家庄、牟家庄、吉老二、别勒塔木村、石窑村、铁列克特村、纳尔台、窝依加依劳牧场……这使人勾思动念的地名啊。我回撤鼠标，目光沿着G219国道由西向东移动，一六六团、一六七团、一六八团、一六五团依次出现。莫胡庄、乌勒塔拉克村、八千亩、胜利村、一马群、阿克哈普塔勒村、一棵树、达因苏村、别斯巴斯陶、前锋村、巴依木扎村……在这片土地上，村村相连，连成一片多民族交融栖居的和谐安详。

塔城，这个祖国西北的边陲小城，在我的想象中明亮起来。

但我能够想象的，是草原、山川、透明的空气，是通透阳光刷在塔城之上的明亮。我无法靠想象，无法靠经验与逻辑，在心中构筑一个塔城。

塔城本就明亮，只有抵达了它，才抵达了明亮，抵达了明亮的意义，如王阳明看花："你未看此花时，此花与汝心同归于寂；你来看此花时，则此花颜色一时明白起来。"

坐火车从乌鲁木齐出发，径直奔向遥远的塔城。它超出我的想象，不是它的草原，不是它的巴什拜羊，不是巴尔鲁克山，而是因为它的明亮。来过，就会爱上。

十万朵云的故乡

似乎我不该对"明亮"大惊小怪，但到了塔城，我被塔城的明亮之气突然惊醒，我才知道"明亮"，该是带着一点诗意，带着远方的召唤，带着一点陌生的新奇的感受。我们缺明亮吗？天一亮，我们就在明亮之中；天一黑，拉开灯，明亮就到了。但我们通常只会说"亮"，而不是"明亮"。

在塔城，明亮具象为没有杂质的阳光。它纯净通透得叫人惊讶，让我觉得大自然对塔城近乎偏爱，过于慷慨，像是特意过滤了阳光，并打磨出为万物美颜的光泽。那向蔚蓝天边涌去的草原，银波碧浪，裹着阳光，是天地间之大美。无数明艳的花草，比如阿魏花，其流光溢彩的黄令人过目不忘。还有云，似莲花晶莹，朵朵绽放于天穹，像排箫中涌出的欢乐音律，飘逸出尘；是我梦境中的白马，脚蹄含香。它白得纯真，如高山之雪，如四月丁香，如孩童笑容。

在新疆最美的六月，哪一处县城的头顶，不是悬垂着一大团一大朵的雪白，飘浮着层次丰富的轻盈和柔软？塔城，享有空气质量全疆第一的美誉，它的白云，似乎具有特产的性质，浪漫洒脱，任性自由。无限碧霄之间，鹏鸟展翅，白兔静卧，天马驰空，花摇影动。自自然然，又风情无限；简简单单，又变化万千。疏淡、婉约，如小令清新；浓卷、澎湃，似长句堆叠。它们飞上楼头，飘逸山前，万里云天，繁华热烈。让人看不够，品不尽。

假如没有这些白云，天只是一意孤行地蓝着，那该多么无聊，多么无趣。

阳光之下，塔城是十万朵云的故乡，美得无法言喻。白云升远岫，摇曳入晴空。这里的云，无论怎样变幻，都姿态闲适，缱绻依依，美好出尘，有让人欲飞的冲动：跃上云的宫殿，从一朵无瑕的白云边飞过，再迷失于一朵镶着金边的白云。可惜我不是塔城人，不然，我也可以自豪地说："我的故乡在那飘浮着最美丽的云彩的地方。"

来自上海的作家说，如果哪一天没有安排采风，就坐在窗前，看一天的云。看云的人，多半会变成诗人，她说："那是一朵没有心的云。"他说："那是天空的翅膀。"的确，别忘了凝神和采集美好之物，这是我们热爱生活的依据。

塔城，你纵有万千美食，如果我再来，你可以充满信心地，用云来款待我。

曼陀铃的梦

白墙，金色门框，金色石膏线，金色装饰花纹。

金碧辉煌，亮堂堂，俄罗斯家装风格。

一进小艳母亲家，我的视觉和心理都受到了冲击。小艳莞尔一笑，让我坐下。小艳的母亲慈祥而热情，只片刻，就端来一盘切好的西瓜。

正寒暄，一年轻男子从卧室出来，望了我们一眼，不笑，也不说话。他进厨房，出厨房；进书房，出书房。沉默，松弛，旁若无人。

小艳笑着对我说："我弟，我家的装修大师。"

小艳的弟弟是公务员，一个聋哑人，未婚，和母亲住在一起。他用了半年时间，完成了房屋装修。我望着华丽的客厅吊顶，暗想，他处于无声世界，却还拥有一双明亮的双眼。他爱着金色，爱着高贵，爱着光明。

金色辉煌而不俗气，是美好的象征。人间多有美好之物，与之对应。九月的金菊，灿烂的向日葵，金黄的稻穗，耀眼的黄金，神奇的太阳神鸟……也许他想不了那么多，只是单纯的喜欢。但这单纯的喜欢，却说明了一个事实，塔城人具有开放、包容的精神气质。文化多元而相融共生，就在寻常百姓家。

塔城有二十多个民族，有二十多种语言，更有缤纷多姿的烟火盛景。多年生活在一起，塔城人彼此了解，彼此信任，坐在一起喝格瓦斯，吃风干肉，拉手风琴，唱歌跳舞，民族之间互相通婚，融洽和谐，那明亮的笑容，织成人间最美的风景。一个由蒙古、维吾尔、俄罗斯、汉族四个民族组成的大家族，历经三代发展到如今几十个成员，同气连枝，如大树般壮阔。

说着故事，讲着风情。小艳的高鼻大眼，让我忍不住一探究竟。

小艳的母亲笑了，说自己祖籍江苏，一家都是汉族。年轻时支边来疆，原是中学美术教师，如今已退休，每日里作画弹琴，日子舒坦明亮。她颇为风趣，银白卷发，笑意爽朗，目光炯炯，不停地请我吃瓜。听说她有曼陀铃，我顿时心动，提出要看看。

"丫头，你看这儿。"呀，这就是曼陀铃！那么小巧，那么精致，如破雪而出的顶冰花。我小心翼翼地拿起来，拇指扫过琴弦，其声铮然爽脆。老人看着我笑了，说："我给你弹《荷塘月色》吧。"

熟悉的旋律响起，照亮了这个金色的下午。

心上的左公柳

一截旧城墙，一段地方戏曲，一个梳妆匣，一块馕饼，一个无心的流盼，一个映在骆驼瞳仁中的人影儿……它们可能被一张老照片留下来，更多的则潜入时光深处。无暇阅读那些挂在墙上的文字，一楼的文物会说话，二楼的新时代油画也会说话。

走出红楼，一朵云正停在屋脊向我眨眼。无数消失，无数新生，垒成了厚重的历史。西风残照，旭日东升，我们在过程里，也在结局里。想起那位锡伯族非遗传承人，跳着贝伦舞，她优雅舒展，顾盼生姿，美如东山月。所谓"生命舞蹈"，必然有一份骄傲与坚韧。文化保护与传承，令一座城市芳香流淌。

作为过客，塔城不在乎我走马观花。

穿过宽阔的绿色街道，我停在一座桥上。河水欣然。一条河穿城而过，这是何等的浪漫。忽见一妇人提着铁桶出现在河边，从河中汲水，原来河西岸是一大块菜地。她站起身，慢悠悠拐进菜园，停在一排菜架前，似乎在远远地打量我。这时，我想起了卞之琳的《断章》，心中涌起了两个字：静好。

停在一棵粗壮高耸的老橡树前，我仰头望向树冠插进粉灰暮色的剑形，心中敬畏。我与湖南女作家紧贴树身，手指紧绷，试图环抱这庞大的生命体，却还差一截。这棵老橡树是塔城的市树，直径三米多，树龄至少有两百年，历史也明明白白地长在一棵树上。

"左公柳！"有人高呼，我兴奋地赶了过去，看到一株树卧在街角。它不高大，似乎经历了重创，断成两截的主干粗壮斑驳，枝丫缭乱，沧桑又严峻。老枝、老叶、老风骨，真是左公柳？"昆仑之阴，积雪皑皑；杯酒阳关，马嘶人泣。谁引春风，千里一碧？勿剪勿伐，左公所植。"这是一纸晚清官府告谕，百年来一直被铭记。杨柳三千里，左宗棠千古。我不禁肃然，心中升起敬意。

"快走吧！那不是左公柳，左公柳不在这里。"那人又喊。

原来，他是逗我。待我走近，他主动告诉我，要看左公柳，得去库鲁斯台草原，那里有一万亩柳林。当年左公柳的种子找到了最适合它们生长的地方，以草原为家，顽强生长，蔚然成林，成为西北天际的一抹绿云。

此行，我们不会去库鲁斯台草原。但我知道，一棵左公柳，可能不在街角，不在公园，却在新疆人的心里。

草 上 飞

车前往铁克力提草原。绿色山坡上，忽现一面硕大的五星红旗，红得波澜壮阔。一车人，先是沸腾，后是沉默，思绪跟着它飘得很远。

走上木栈道时，雨大了起来。一些人进了蒙古包，喝奶茶，吃烤馕。我与几位作家去了观景亭，去看雨中的草原。

天被乌云拉低，垂在草原上空。一场雨正为草原输送能量。旱獭早已躲起来了，天空中不见了金雕的身影。沙沙雨声中，草原有另一种时间，另一种秩序存在，藏有一些我们不知道的秘密，只有牛羊知道，天地知道。

草原真美。大家有一句没一句地感叹着。

这时，身后响起一个声音："这草原之上，飞着许多生灵。千年万年，来了就不会离开。"是刘亮程老师。他戴着草帽，背着手，不知什么时候站在了我们身后。大家等着他多说几句，他却没有再说，走出亭子，低着头走了。

望着他的背影，我想起他说过："万物有灵应该是作家的基本信仰。作家就是那些有能力跟石头说话的人。"雨中的草原，虚怀静默，抱着即将燃烧的种子。它不会让大地孤独，不会让我们的眼睛贫乏无依。而我，从未真正吻过一株青草。

离开雨中的铁克力提草原，来到阳光激滟的吐尔加辽草原。芳草碧连天，像站在葳蕤的青春中，莫名的惆怅消失，心中充满欢喜。

　　这更迭着无数牛蹄、羊蹄与马蹄，被月亮抚摸了千年，被太阳亲吻了千年的大草原，正沉浸于奢华得过分的阳光中，热情高涨。一帮人欢呼尖叫着奔向草地，突然间变成了阳光充足的人。我脱了鞋，赤脚在草地上行走，草是那样绵软，沁凉，兴之所至，我跳了起来，草软软地接住了我。

　　躺下，做一尾鱼。周围瞬间安静下来，它们都是草，但姿态不一，它们都是花，但锦绣有别。它们明眸善睐，各美其美，抬起我，合唱草原之歌，我感知着它们的心意，幸福无比，绵密的绿色涌进身体，明艳的阳光涌进身体。想起八九岁时，躺在大草滩上的天真与肆意。陷于绿，醉于绿，这一刻，昔日重现，一秒万年。天蓝得清澈，云朵飘啊飘，这治愈的时光。

　　耳边响起一声长啸和马蹄声，我赶紧起身，扭头一看，一个男子骑着马飞奔而过，转眼就飞进了雪白的云朵。

峡谷之上

在我的想象中，这条丝绸之路碎叶古道的咽喉之地，充斥着各种各样的声音：有从上古世纪绵延而来的澎湃汹涌的水流余音，有被风声雕刻出来的沟壑动人的弹奏，有阵阵驼铃摇动千里黄沙的呼吸，有蒿草在月亮的潮汐里爆出清香的欢歌，还有从不同肤色、不同种族的商贾心中传来的经久不息的文明回声……

我说的是"安集海"，蒙古语意为"采药的地方"。但我不执着于想象，不关心草药，亦不关心红辣椒。我在苍凉与广袤交织的新疆气场里跌宕二百多公里来到此地，只为看一眼"安集海大峡谷"——一条被誉为"从现代派抽象画里流淌出来的河流与峡谷"。

虽然我有航拍视频、图片和文字攻略可假，为那幅绚丽多彩的大地抽象画心潮腾涌，但却远远不够。我羡慕那些澎湃自由的云朵，它们拥有高远的视角，可阅尽安集海大峡谷二三十公里长的奇谲与壮美，可我有一双能够自由行走大地的脚，我喜欢用身体去探秘，"不到园林，怎知春色几许"？

位于天山北麓地质断裂带上的安集海大峡谷，是一座山和一条河联手创作的大块文章。

依连哈比尕山主峰，乃天山顶上无数白莲中的一朵。它将一座雪山的激情发源为安集海河，而安集海河因此具备了无限勇气，汇集无数细流，从巴音沟的上游雷霆呼啸，一泻千里，冲出天山峡谷。以天山北坡为画布，画出一个巨大的山前冲积扇，再移臂沙湾县元兴宫以北，以无比的耐力与毅力，与时间合谋，花费十几万年，将平原丘陵切割成万丈悬崖绝谷，翻洗出大地灿烂而沧桑的肌理。

当我们在平原、险隘、深嶂的地貌奇景中目光迷离、心生敬畏时，大地何曾恼怒过一条河流的执着，怪罪过风的任性。它写意于隆起，也抽象于地陷；它举得起山脉，也抱得住峡谷。无论高处接碧天，无论低处近幽渊，它们的根都是大地。

自2015年上过《中国国家地理》杂志封面后，安集海大峡谷声名渐起。没有观景台，没有凉亭长椅，没有木栈道，没有农家乐，没有树，却引人纷至沓来。就如我，想看的恰恰是它那原生态的难以愈合、越来越惊心的天塌地陷。之于自然，被其本质吸引，为其本色倾倒，或许是一件简单而又复杂的心理。

站在大峡谷边缘，向400米深的谷底望去，不由得胆战心惊。蜿蜒的盘山道上，拉煤车慢慢爬行，如甲虫搬食，无端地透出求生的卑微与艰辛，让人眼底一热。奇怪的是，风一个劲儿地将我向后拉，成千上万只小蠓虫在风里打着转，舞成一道屏障，阻止我再向前迈步。

大地深深的裂痕，像极了一次天塌地陷的重创。它与苍远的天空、天山山脉及峡谷对面的平台组合在一起，雄阔而悲壮。世事变动不居，人间福祸相倚。"一百年之后，你不是你，我不是我"，而大峡谷还是大峡谷，它也许再次合抱为平原。大地疼痛时的一次抽刀断水，只有它自己能够修复。

穷尽目光，无法丈量其大；穷尽词语，不如噤声缄默。

谷底的安集海河像一幅巨型版画，一根根银亮的线条如风中纷飞的长发，灵动而飘逸。它无声无息，就像孤独落在心上的时候，也是无声无息。而我知道它有激越的喧响。

我必须下到谷底，掀起一块河边的碎石，让它送我一声脆响；亲手掬起一捧冰凉的水，让它洗去我所有的困惑。我必须到峡谷对面的平台去，此刻那有两匹微如黑蚁的马儿。

而由此岸穿越到彼岸，正是引我心动参加此次徒步活动的理由。

通往谷底的盘山土路，专为拉煤车服务。平台侧面斜切着一条堆叠着圆茄子般石头的小陡坡，由此下行，便到了土路上。

沿着土路前行，转过几座约十米高的柱状土山，眼前哗地一亮，那壮阔的丹霞山体挺拔巍峨，从容亮相。

寻了一个好角度，静静观望。虽然我在图片上见过它的雄姿，但我还是被它崔嵬壮观、直冲天穹的气势和极尽张扬与奔放的艳红所震撼。

我的脑海里顿时闪出一座山。那座山高而陡，亦是丹霞裸体，经年风雕雨塑，道道沟壑都是具象的时光。上小学四年级时，隔两周或一个月，我和三个小伙伴从学校返家，此山为必经之路。每次走过十公里后到达山脚，我们都要稍事休息，目光越过那些密布的沟壑，仰望山顶一处小小的凹型出口，等待勇气和力量在身心汇聚。能下脚的地方就是路，我们手脚并用，小心翼翼，生怕脚下不稳滑进沟壑中深不可测的山洞。那些山洞，装下了千年的雨水，也装着一些神秘传说。没有人知道那红色的砂岩因何产生，于是，有人杜撰了一场古代军团大战，说红色的土与血液有关。人们并不知道，每次走在山谷中，那艳而暖的红色非但不可欣赏，还有些瘆人。山风忽起忽止，喜怒无常，不停地压迫我们的神经。当风突然止息，寂静的山谷里，咔嚓咔嚓的脚步声便灌入耳中，只有地上的一粒羊粪和哈萨克族牧人废弃的羊圈能减轻我们的恐惧。我们壮着胆子，默默行走，生怕招来什么，总是那个唯一的小男生殿后。但我们总能走到山脚下，然后攀上这座不可一世的山。在山顶处，我们气喘吁吁，嗓子干得要冒出火来。

真正不可翻越的，也许只是心中的畏惧。

眼前的丹霞山体，屹立于天地间，端若君子，身着宽大的赤色、褐色双色亚麻大袍，气度非凡。小时候的经历告诉我，它胸膛上那些线条的粗犷与峥嵘，已被距离折中，变成美的冲击，就像安集海河，距离无损它的本质，不管人心是否清醒，它都是清醒的。

与谷底的落差有多大？安集海河依然无声，冷凝如冰。那银亮的水流粗大了许多，弯弯曲曲，无声地扭到断崖的身后，如英雄郁结的心事，隐于剑气背后。

有驴友近前，举了相机取景，我让开。拍吧，我们都情愿向自然的壮美交出魂魄。

拐了半个弯而已，再次被震撼。

悬崖那陡直巨阔的横切面压顶而来，威势凌厉，令人瞠目。

它不是屏障，它是某种展示，是大地坦然裸露出的骨骼与肌肉，真诚地面对每一双仰望的眼睛；是自然的力量相对峙的古战场，壮怀激烈。它使目光的游走显得吃力，却使心灵的潮水激荡不已。举目崖顶，人影如豆。人行其下，何其渺小。所谓移步换景，原也包括心情之转换。凝视深渊，唯恐失足而万劫不复；仰望谷顶，心灵却生出飞翔的勇气与渴望。

略转了个弯，绝壁高处一棵榆树闯入眼帘，它孤单而倔强地斜扎于绝壁上，衬着蓝蓝的天，自成一景。我悲观地想，这艰难的生长，也许会终止于一次塌方，但种子终究创造了奇迹，书写了精神。也许它有一颗从不怀疑阳光的心和一个渴慕星空的灵魂。

驴友已各自散开，有结伴而行的，有独自徒步的。或鲜艳或清素的身影，在悬崖浑厚壮阔的土黄色底部游走，微小而轻盈。我放弃了拍照，眼睛尚且装不下那阔大和沧桑，何况镜头。

土路中间积了厚厚一层浮土，印着道道车辙。等拉煤车一过，浮土便被粗暴地揭起，泼向风中。躲无可躲，只好将帽子压低，双手护脸，屏住呼吸，赶紧背过身去。吃过一次亏后，我忍不住抱怨了一番。

可有什么好抱怨的呢？

这条土路，本不是为游客探幽而修建，却为游客提供了探幽的便利。二十世纪五六十年代，安集海峡谷丰富的煤炭资源被发现，煤矿建设者们便在峡谷里修建了盘山公路。想当年，挖掘机轰鸣，扬起千尺尘土，推开堆积的石头、沙砾和黄土，愣是平出一条蜿蜒的土路，直通红山煤矿。几十年了，不知有多少温暖和光明由这条土路去往千家万户，不知有多少建设者的火热青春融入到大峡谷的厚重。

看到那背负千钧、喘着粗气的拉煤车，我又怎能不触景生情呢？刚上小学时，我的心里也有一条模糊的通往山外的路。无数拉煤车消失在山路拐弯处时，我还以为那些煤升起的是千家万户的炊烟，而那些炊烟构成的远方，热闹而人烟稠密。父亲告诉我，他挖起的煤可以拉着火车跑。火车把母亲、我和弟弟妹妹从乌鲁木齐拉到了武汉，又将我们拉回了新疆。

下一阶弯道上两辆拉煤车撞入眼帘，我紧急盘算着如何避开有土的那截路。

要躲开的是第二辆车。下面的弯道边有一块空地，是天然的安全岛，我得抢先赶到那里。

第一辆拉煤车笨重又固执地爬着坡，轰叫着、颠簸着，很快就到了跟前，我无法前行，只好等它过去。摇晃的车厢那样高耸，叫人担心……两米多高的灰尘向我扑来，我疾步快走。还未摆脱那条土龙，第二辆车已在前方露了头。我边走边目测与对面安全岛的距离，但转眼，车就开近了，我看到了司机年轻的脸。

还是等拉煤车过去吧，那么大的体量，爬坡不容易。我望向司机，脚步犹豫起来。司机却挥起右手示意我去路对面。我拔腿就跑，一口气跑到了安全岛。车开过去了，扬起的土龙随风飞到了对面。我伸直胳膊摇晃着，感谢年轻司机的暖心。也许，从后视镜中，他能看到。

驾驶这样一个巨无霸爬行在盘山道上，每分每秒都是对司机的考验。真正的驾驶乐趣在哪里呢？日复一日，多少汗水悄然滴落，也许早就成了安集海河的一部分。

我低头走路，不再东张西望，裤脚已沾满灰尘，呼吸声和脚步声都清晰地传入耳中。这一刻是特殊的寂静，我完整而又虚空，带着某种隐秘的快乐，仿佛融化于正午的阳光里。

在航拍视频中，我看到过一只红狐在白雪覆盖的路面优雅行走，如火焰一般飘逸。我是不是冬天再来一趟呢？

趴在安集海大桥上的水泥桥栏上看河。

几条水流从上游赶来，汇聚成眼下这水量丰沛的河。它激流汹涌，一往无前，像绝不回头的时光。阳光在河面上根本站不稳，瞬间就被粉碎成银色水钻。巨大的水流声撞击着耳膜和心扉，那一股磅礴的气势，仿佛是为了匹配深谷的威仪。

我不能怀疑一条河的存在，更不能怀疑一条河的品质。我也无法做到让目光长久地粘连在一条河上，它使人眩晕。当我靠着行走打破距离，来到它的跟前，某种幻觉即刻破灭，它比我想象得更加野性，更加生猛恣情。而我被打动。

我到了它的跟前，证实了本来就存在的事实与真相——河奔流不息，无须谁在旁边感喟，也许更需要证明的从来都是我们自身的存在。

我一转头，就看见如意站在河滩上向我挥着手。下了河滩，她拉着我，和几个驴友凑成了一桌。很快，防潮垫上就摆满了食物：卤鸡爪、卤牛肉片、西红柿炒鸡蛋、花生米、凉皮、馕、馅饼、黄瓜、苹果、葡萄……大家边吃边聊，气氛极好。最后，喝了一碗领队唐朝烧好的奶茶，胃暖心悦。饭毕，驴友们将垃圾收进了各自背包——严格执行LNT（无痕山林）原则，这是驴友必备的美德。

河滩好大，相比于它，我在他处所见河滩便只能称为"小巫"了。

形状、大小、色彩不一的石头散布在河滩上，正好供驴友休憩，可以听着青绿水流的淙淙之声，望着河水发会儿呆，或者暂时坐成一块石头，任思绪泛滥，想想峡谷的事儿。

我却没有时间多坐。因为我也报了名，跟着领队唐朝来一次穿越——从谷底攀爬到峡谷对面的平台。

报名的共有四人。长腿姐如意，性格开朗，资深驴友，如果百分之九十九的人愿意留在河滩上休闲，她就是那百分之一去挑战自我的人。阿锋，游于商海，从严重车祸中捡回一条命的幸运儿，是车厢文化中的活跃分子，喜唱抒情慢歌。杨姐，六十四岁，操河南口音，身材干瘦，第一次参加徒步游。阿锋和杨姐，都是我头一次结缘的驴友，还在车上时，就给我留下了最深印象。没想到，这种印象是草蛇灰线，引导着更深的缘分。

三四百米的高山，释放的最大善意就是先给出两处缓坡，让我们歇息，并捧出一个坡的铃铛刺红果迎接我们。一回头，两处峡谷奇观映入眼帘。一处崖体呈黛青色，沟壑纵横，排列规律，如绣娘巧手精雕的巨型巴旦木；另一处若展开的书画长卷，其上松涛隐隐，山水聚啸，气势浩大。

山路越来越陡，我走两步喘一步，但并不觉得累。因为每当停下小憩，回头张望对面峡谷，都感觉景象一新。高度的变化带来了视野的变化，体验很是新奇：视线总是不由自主地塌陷，迷

失于峡谷的深邃、宽阔与幽长，并被那些弯弯曲曲的银色河流带
走。曾经的天崩地裂无从想象，它只展示事实——人类只是自然
的寄身者，是时间长流中的小小过客。好在，我们总是被提醒，
也总能安于现实，认真地度过有限的一生。

一路攀缘，用了近两个小时。在一处高山颈处，我们沿着一
条细白的羊道拐了弯，在羊粪和马粪的引领下，爬过一个小坡，
终于到达了目的地——大平台。我为这突然而至的开阔惊喜，为
终于到达峡谷的对岸而兴奋不已。

如果没有那场天崩地裂，目之所及，应该是一片广阔的草
原。现在，我站在平台之上，站在大峡谷的另一侧。对面峡谷平
台上车如蚁，人如蚁。我跑到峡谷边缘，弯身探头，谷底幽深，
河流闪亮……凝视不到三秒，风忽然大起来。

同样是峡谷两侧，这边是开阔的草原，因为游客稀少而宁静
安详。深秋低矮的野草已渐褪绿意，随着起伏的山坡铺向远方。
而头顶皑皑冰雪、腰缠青白薄雾的天山，从平原尽头悄然立起，
不动声色地望着前方的沧海桑田，这就是传说中牧民的放牧乐园
吗？但却看不到牧归的羊，看不到白色的毡房。不远处，两匹马
儿神态淡定地吃着草，时不时向前挪动一下身体，姿态悠闲迷
人。这应该就是几个小时前，我在峡谷对面望到的那两匹马儿
吧？用几个小时来吃草，边吸收边消耗，马儿的生活又何曾容易
呢？这样想时，再看它，那画面依然美，却少了悠远的牧歌
色彩。

我举起双臂，慢慢转身，我要拥抱这开阔，我甚至想平躺在
地上，结结实实地享受那天圆地方。风从平原上吹来，扬起蒿草

的清香——哦，大地的呼吸，平原的味道，自由的气息，甜蜜的滋味。我贪婪地吞咽着草原上的风，听到了风穿过我发梢的声音。

那一刻，我希望变成一匹马儿，从草原奔向天边，奔向那云起的地方。浓墨浅染的云正从东边的山脉涌起，跃上天空，横飞而来。太阳穿透云层，似龙睛斜睨，射下道道金光，照亮了草原。

这一切，多么美啊！

《航拍中国》拍得再好，它给予我的感受，都不及我花几个小时做一次横向穿越来得真切而细微。

大地将往事写在断崖上、砂岩里，刻在一颗石头上，甚至一粒倔强的种子，都携带着古老的时光密码，在泥岩里安了家。那些冷峻的青色、艳丽的红色，是大块文章里的沧桑。它们被我低头时看见，被我仰望时捕捉到，成为我感悟生命、感悟岁月的箴言。

当我必须涉水才能到达对岸时，我再也不会说那辫状河流像假河了。

为了节约时间，我们变得胆大妄为，决定抄近路，从山体褶皱处下山。被雨水冲过千年的沟不宽不窄，可容一人过，又给双手双脚留有可攀扶踩踏之处。只十来分钟，就到了先前存放背包的山坡。大桥下的河滩上已无人逗留，离六点集合的时间还有一小时，大家都同意再抄近路。于是，我们又以同样的方式，从山上垂直下到谷底。

下到谷底，才发现问题没有那么简单。刚才我们下行的山，被一条河紧紧贴着，成了屏障。大桥可望而不可即。每一条水道都有三四米宽，水流甚急，但除了涉水去对面河岸，无路可走。

阿锋爱惜他那1000多元的鞋子，脱鞋先下了河。没走两步，便快速缩回岸上。原来河水深及膝盖，冰凉刺骨，河底的石头又很滑溜，不易站稳。

我们迅速调整策略，穿鞋，放下裤腿，结成人墙过河，事实证明，这是明智之举。但还是差点出危险，如意脚下打滑身体失去了平衡，多亏唐朝反应快将她一把拉住。

过了河，才发现近路没那么好抄。河堤三米多高，十分陡峭，想上去不容易。如果想回到午餐地点，又只能渡两条支流绕过去。唐朝察看地形后，决定先爬上河堤，再一个一个地接我们。如意作为助手，紧跟其后。

我仔细看着他们落脚的地方，心里有了底，只要我与上面的接应配合好，十步就可安全到达平地。

很少说话的杨姐，这时抓住了我的胳膊，说："我上不去，太陡了，我的鞋子可能打滑。"她穿着一双普通运动鞋，鞋又湿答答的。我还没有说话，她又急着摇摇我的胳膊："他们利索，能上去，我们还是过河走吧。"

杨姐性格温和朴实，体力好，爬山比我都轻松，一路上，话不多，见我气喘，便要帮我拿水。每回目光相对，她都马上报以微笑。

唐朝和如意马上就要到达平地，阿锋仰着脖子在等待。除了我陪她过河，还有谁呢？无非是多走几百米而已，我不能拒绝一个老姐姐的请求。

"别紧张，我陪你过河。"

杨姐立刻笑开了，露出一口整齐又偏大的白牙，眼里闪出孩子般的开心。堆叠的鱼尾纹，像河的支流，正奔向生命深处。

跟其他人招呼都没打，我俩相搀着走进河中。但我俩都错估了河水的深度，才走了几步就走进了深水区，水一下子深及大腿，浮力突然变大。没容我们反应，我和杨姐紧搀的队形就被冲开。我俩同时叫了一声，就吓得不敢再动。我侧身迎水，杨姐正面迎水。有一瞬间，我甚至觉得她要飘起来，只有紧紧抓住她的手腕，生怕她被水冲倒。

"不要怕，站稳。"杨姐喊道。

前进不得，后退不得。绿水就在眼前晃，晃得人眩晕。下一步，是什么？坏念头刚冒出来，我的胳膊突然被人用力抓住，"稳住！"是阿锋。他像从天而降，赶走了危险。杨姐向我喊道："你松开手，我们三个一起走。"

大约走了两米，便走出了深水区。腿上的压力突然就没了，我三步两脚就上了岸，再蹚过一条很浅的支流，到了对岸。我们谁也没说话，坐在石头上默默收拾鞋子里的沙砾。阿锋那一千多块的鞋子，估计要彻底报废了。

真没想到，我需要以这种方式来认识安集海河。其实，关于它的想象不需要节制，毕竟是它切开了大地的皮肤，在漫长岁月里，流淌着一条河的传奇。

是我低估了水流暗藏的力量，被它的平缓迷惑。我忘记了几个小时前它冲过石桥时发出的吼声。它为每一块石头打上时光的记忆，它记录着一条峡谷的故事。但对我这样一个浮躁轻率的过客，它却还不忍拉下脸来教训。想此生，在蹚过季节的深流和生命的浅滩之后，命运给予我的教训屈指可数。若一定要涉险，是选择蹚水而过的傻气，还是做一个背影模糊的人呢？

从大桥拐上盘山道后，我们开始攀爬陡坡。我手脚并用，气喘如牛。左手食指受力太多，痛了好几个月。杨姐却轻松地爬在最前面。她这一生，一定爬过很多陡坡，涉过许多河流。

安集海河正在秋季里消瘦，那翡翠般的温润之色，在我的视线里不断变浅变淡。在了解一条河流的之前与之后，我的困惑如云聚，如云散。

再次回到地平线上。对面落日余晖下的红色山体，壮美而热烈。阿锋说，你俩这次有点生死之交的意思，我给你俩拍段视频留作纪念吧。

这条大峡谷，除了一座跨越河流的长桥和一条弯向地平线的土路显示着人迹的介入，大部分地方都呈现着原生态的真实与粗放，其丰富的细节，其斑斓的色彩，远非人工制造可比，尤显珍贵。我为它庆幸，也许这能成为它逃开统一规划，避免被同质化的命运的关键。

写安集海大峡谷，没有古人诗句可以引用以增其厚重，没有神话传说可以引用以佐其神奇，它不需要这些。大峡谷示人以本真，它是自然的手笔，冲天一怒也好，肝肠痛断也好，开口一笑也好，对裂痕多元化的想象，难以抵达它的往昔。甘肃夏河的白石崖溶洞能发现16万年前的丹尼索瓦人化石，安集海大峡谷拥有我们无法想象的绚丽前世，又有什么不可能呢？

很长一段日子，那些沟壑和褶皱、辫状河流、五颜六色的石头以及绝壁上的一棵树，都鲜明在我心里。我不断地反刍那低处的传奇和那惊心动魄、天塌地陷的美，突然间，我想起，那一天，风拂过杨姐的脸庞，她的唇上挂着一个像安集海大峡谷那样大大的微笑。

第二辑　记忆的繁花

沙　漠　谣

1

古尔班通古特沙漠边缘。边缘，可以蜿蜒曲折，可以直泻千里。当我下车，脚落戈壁，边缘亦从想象落地。天大地大，我轻如羽毛，边缘比我想象得要丰饶。乍望去，边缘是绿色的、田园的，甚至带点苍远的诗意。农田、榆树、茂密的植物围织成长长的彩锦，铺在沙漠边缘，正上演晚秋的隆重。

多少年了，这沙漠的边缘养着人，亦被人守候。所谓贫瘠之地，从来不是虚空，彩锦后面，是守在沙漠边缘的人。我看不见他们，但看见彩锦就是看见了他们。他们懂得沙漠，是朴素真理的坚定实践者，春耕秋收，以棉花，以玉米，以成片的次生梭梭林表达自己，栽下希望，栽下青丝暮雪，风沙因而立地成佛，变作植物的供养，变为人的供养。如此淳厚，如此可敬。

彩锦后面是悠悠荒野，壮阔，萧肃，与之照面的当下，唯有沉默，以沉默致敬。我在二十多年的城市生活里安分守己，抱着一份岁月静好，不觉间，沙漠、荒野、戈壁化为美学意义上的风景，令我向往。我用徒步的方式靠近它，回家后，在电脑上一遍又一遍地点开照片，看自己在苍茫里行走的身影，看鲜艳的外套从一片苍黄中跳脱而出。我在乎自己在那一刻笑得美不美，也陡然间意识到身后的宏大背景是真正的宠辱不惊、深厚难测。我慢慢回味，老牛反刍；我后知后觉，陷在莫名升起的空虚和感动里。时间一样会滴落在戈壁荒漠的黑夜里，老去的，是人和植物，但新生绵延的，也是人和植物。

我是归客，是一个曾生活在沙漠边缘的兵团农场的兵团二代。一别三十年，我不敢说爱它，但我真的想念它。十月的阳光，薄似宣纸，微韧，将我和脚下的沙土紧紧黏住。深吸一口弥漫着野植气味的空气，心洁了，肺也清了。

我的儿子，没有成为兵团三代，却是不折不扣的疆三代。此刻，他正四处张望，目光新鲜，表情欢脱。

2

突然瞥见不远处的土坑边缘有一丛猪毛菜，玫瑰红。定睛辨认，果真是。他乡遇故知，我立刻拽着儿子走向土坑："儿子，你从没见过吧？它叫猪毛菜！"

他弯腰凑到近处瞄了瞄，直起身，却没作声。我瞬间明白，别指望十二岁的男孩对花草感兴趣。而那个开满了野花的山坡，却不顾一切地，在我的记忆里明亮起来。

那天中午，臭姑鸪（戴胜鸟）飞飞停停，故意逗我，我气性上来，就追着它一路向南，山脊打了一个弯后，我已经跑出很远，远得看不见我家的房子。荒山秃岭间，臭姑鸪突然隐了踪影，藏了叫声。我没了辙，站立不动。山风如诉，周遭更显沉寂。可我不甘心，便翻过山梁。远处的滨湖六队，呈一线青绿，躺在山谷中，显得遥不可及。臭姑鸪也许藏在哪块石头后面呢，我收回视线，向山坡下一瞧，可不得了：一山坡的猪毛菜，这里一丛，那里一窝；大红色的、橘黄色的、紫红色的、浅粉色的，那么铺张，那样烂漫。有那么一瞬，我感觉猪毛菜似乎拔了脚，纷纷向我跑来。定睛再瞧，它们丝毫未动，原来是袅袅玉烟升地三尺，晃我的眼，也晃了它们的艳影。

这是一种什么样的植物啊！土地如此干燥贫瘠，阳光如此浓烈，它们却仗着能干的茎秆，可劲儿地开花，茎茎相挨，每枝茎梗上都驮着几十朵，一丛便花开无数。我跑得口干舌燥，蔫头耷脑，它们却鲜艳欲滴，一掐一包水，似有神通。

我第一次知道，除了山谷间大草滩上的花妖草仙，另有三万朵野花在大山阳面的砾质山坡上兀自绽放，它们个性凛冽，娇小又狂野。风在春天唤醒了它们，它们唤醒了一座山，化解了山的严肃和僵硬。那些大大小小的黑石头、花石头、白石头，反倒成了它们的陪衬。

我忘记了臭姑鸪。那时，我不懂惜花，心思简单。爱鲜艳的紫红色，便对一株紫红色的猪毛菜下了手，连根拔起，毫不客气。家里喂猪，常拔猪草，捋了不知多少灰灰条，从不伤根，并没这般粗野。猪毛菜会开花，清秀纤细，比灰灰条好看，却不如灰灰条好闻，何以欺负它呢？这花，是我的发现，便归我。它叫什么名儿？我拿它回家，问我妈，我妈不知道，就问我爸。我爸是高中生，比上过初小的妈妈学问大。

我妈先摇头，说可能叫"串串香"，是她现编的。等我爸下了中班，满脸黑地回到家，我便急着问他。他接过猪毛菜，走到屋子中央，就着白炽灯温黄的光，翻来覆去地瞧。我盯着他的脸，看到他鼻梁上、脸颊上的煤粉，似乎一吹就能吹掉。我妈嫌我不懂事，让我离我爸远点。刚从深黑的煤井下回到地面，好歹换下黑硬的工作服，洗洗干净，重新恢复"人样"，她还怕我脏了衣服，她又得受累。我爸说叫"一枝红"，说完便笑，一嘴白牙，分外醒目。我瞬间就知道，他和我妈一样，也是现编。

"好好读书咯，以后上了大学，就懂得多了。"他接过我妈从屋外炉子上提回来的一壶热水，给我一个黑黑的背影。

泉边的野花野草我认得几种，都是大人教的。大人不知道的东西也很多，我们常常将无知还给无知，花过花的日子，我们过我们的日子。

到底是新大陆的发现。第二天，十几个孩子跟随我直奔那个山坡，最大的九岁，最小的四岁。一通哇哇叫后，新鲜劲就过了。男孩子不嫌累，只打听臭姑鸪飞去的方向，我故意向前一指。我们翻过了两座山，再没有新发现，既没有臭姑鸪的影子，也没有发现别的什么花。山坡上除了石头，还是石头。

我的目光无数次攀爬上更远的山，越过层叠的山峦，想象天山那边的世界。那边的世界，像谜一样的蓝紫，模糊一团。等有了些阅历，我才意识到，发现猪毛菜，对我意味着什么。

这些年，我游向"远方"，终于在"远方"扎根落户，再也没有见过猪毛菜。而所谓的"远方"，却不过距离当初我遇见它的山坡几十公里而已。我从来没有离开过天山，抬头一望，便看到雪白的博格达峰。

我已然改变了自己的生活环境和土壤，成为一个城市居住者。人生过半，我越发怀旧，常常想起那面山坡，想起猪毛菜。它还在那里吗？它能扎根的地方，必是它习性所好，风会送它一段或明或暗的前程。在其他徒步路线中，我曾寻找过它，却未见踪影。但我知道，只要我脚步不停，终会与它相遇。

土坑里，围着一圈不知名的低矮植物。猪毛菜伸着几枝润泽的玫红花串，照亮了土坑。我欣喜与它的不期而遇。

它不是玄奘取经路上的那株千年胡杨，因为接受过玄奘的凝望，而拥有了更高的审美价值和文化含量。但之于我，它亲切，无与伦比。它在最干燥、最荒硬的地方，以一片花海的方式，点亮过我童年的双眸。在没有看见它之前，我只有开满老鸹蒜的山坡；在看到它之后，我便多了一个开满猪毛菜的山坡。我家所在的小煤矿，隐在天山中段的一个褶皱里，甚为荒僻。东西南北，抬头见山。硬的山，冷的山，枯黄的山，铁青的山……有多少勇敢的植物跟上了它的呼吸？

在砾质荒漠扎根开花，又以缤纷点染七月和八月，说勇气，说顽强，说坚韧，猪毛菜不比谁差。若说到吃苦，说到坚忍，在那偏远的山沟里，谁又不是呢？

那些煤矿工人，用镐子一下一下地刨，用铁锨一下一下地铲，用手推车一车一车地推，愣是从地下挖出黑金子，运出来，将煤场堆成了山。那些闪着光泽的大煤块和漆黑的煤沫，都被装上汽车拉出山外。他们的工作低效、危险、耗费体力，没有蔽尘措施。他们要在下班后才能直起身子。生活是冷峻的，也是温柔的，当父亲带着满脸的黑煤灰和疲惫回到家里，当母亲因为多挣了几角装车费，高兴地说给我们听时，他们跟所有的抗旱植物没有两样——在生存面前，永远抱有开花结果的意志。

这种认知，是岁月给的，也是猪毛菜给的。因而，对一切出现于荒野上的植物，我都感激。那时我不知道它叫什么，却永远地记住了它。等我特意买回《图览新疆野生植物》，再三比较，确定了它的名字，已是三十年后了。它属于被子植物，全名叫"紫翅猪毛菜"，一年生草本，花期在七月到八月，果期八月到十月，多生长于阿尔泰山和天山北麓。我为这么个奇怪的名字大笑过，它的茎上挂满了花朵，叶呈肉质，一点儿都不像猪毛。谁为其命名，因何名之？书并不是万能的，万能的还是植物，管你叫它啥，它开它的花，结它的果。

今天，我们借助一个叫"形色"的软件，可以轻易查出一株植物的名字。可查出名字后呢，遗忘的速度也很快。花何曾介意。自足的生活系统使它们强大，年年春秋，适性自在，盛开的理想并不因人的疏离而黯淡。但我一直想念猪毛菜，它是我人生的见证和某种意义。一棵草随时随地的命运，不会有谁关心。永远记得，非缘分不能解释，却又不能尽意。烟火琐事再繁，也盖不住曾经跑在自然里的脚印，盖不住对一种植物、一枝花的深情记忆。荒凉的山沟，我们需要植物做伴。不经意间，我们就会被植物的精神指引，追上命运里的风，择地生根，花开花落。

我不确定，多年后儿子是否还记得，他的妈妈拉他认过一种叫做猪毛菜的植物，名字很俗，却艳丽缤纷。它开的花是一串串的，小拇指甲盖那么大，朵朵都张着，像在等待一个响亮的吻。

3

儿子在车上做自我介绍时，说自己叫"沙漠"，惹得满车驴友都笑了，他们毫不吝啬地将掌声送给了他。

这个沙漠新客，自己选择了徒步路线。他带着明确的目的而来——写好一篇关于大自然的作文。他去过高山峡谷、草甸天池，偏不写，就想写沙漠，理由是能出新。他要做班里第一个走过沙漠、第一个写沙漠的人。他的作文画满了老师打的红圈，常作为范文在全班读。他对此很上瘾，而我，对他受到表扬后眼睛里的亮晶晶上瘾。

但我们这次徒步，并不进入沙漠，不为"练蹄"，也不是冒险，只在沙漠的边缘转六公里，欣赏沙漠戈壁秋日的风光，就被领队定位为"沙漠慢摇"。我对这个定位很满意，如果一味暴走，除了累，很难体会细微精彩。徒步信息更是撩人：烽火台、唐朝路、胡杨、红柳、梭梭、古尔班通古特沙漠、黄羊、沙鼠、蜥蜴……这些词语勾动了儿子瑰丽的想象与出行的兴奋。

作为兵团二代，我拥有在沙包上尽情撒野的童年记忆：沙包十来米高，孩子们撅着屁股，呼哧呼哧地爬到沙包顶上，再捂耳朵，闭眼睛，身子横躺，一个轻翻，从沙包上滚下去。沙包的柔软保护了柔软的小身子，二者不相克。今日回想，不可思议。物质贫乏的年代，沙包是我们那一代孩子的游乐场。而在改革开放后的幸福年代，公园里、小区里、幼儿园里、肯德基里的小滑梯，已然成为家长和孩子们的首选。小滑梯也滑走了儿子的童年。

整整两代人，挥洒青春和热血，才将荒滩戈壁改造成美丽的家园。生活在城市里的疆三代，对此模糊。他们在砖混结构的房屋里出生，在硬化路面上学会奔跑，从动漫中平视世界，在旅行和电视节目中了解自然。他们一出生便享受到繁华、便利、时尚和先进，他们看的第一眼绿色，是小区的绿化带，他们身处绿洲，不知戈壁，不知来处。但与父母相比，疆三代的求知欲、进取心更能得到满足，获得成全，这是一种幸福。物质绿洲建成了，精神绿洲的建设永远在路上……

4

我的童年只有关于山与沙包的记忆，这或许就是我努力带儿子去远方的动因。繁华大都市与名山大川，都是我想送给他的风景。

曾在北京租了一家公寓，一住二十天，将如何坐地铁的决定权交给他，爬长城、走天坛，去圆明园，逛故宫；带他去上海参观世博会，泡科技馆，他能保持一天的兴奋；在福山海滩，给他租一个游泳圈，他泡在海水里几个小时不出来，最后满脸黢黑，后背暴皮，却大喊痛快；爬上泰山后，再连夜下山，十二小时内，他没喊一声累。

他不娇气，不管去哪里，满头热汗，从不抱怨。他没有去哪里的决定权，但他乐得跟随，很少耍脾气。我为他骄傲，也经常放纵他的玩心，他总被景区的小摊吸引，常用给我拍照换来的钱，去买一些小玩意，边走边玩，使昆明湖上的十七孔桥与荷花彻底沦为无所谓。

我不知道，一年一年的出行，是否开阔了他的眼界。他为什么不写大海，不写泰山，不写西湖，不写飞雪峡谷，不写天池，非要写沙漠？

想起那些年去过的地方，脑海里留存的大画面多，细节很少，我所能记得的就那么几个。

坐游船时，我才发现昆明湖底还有个辽阔的水草世界，我盯着看呀看，看不透温绿黏腻的水流，看不透摇曳灵动的水草。但望之便觉心神澄宁，虽只一刻凝视，却成永恒记忆。在峨眉山半山腰的凉亭休息时，有只蝴蝶停在我的胳膊上，我不敢喘气，定成一块石头，这只蝴蝶并不漂亮，颜值完全被暗沉的羽翅拖累。但我稀罕它的造访，它和我的眼睛只有二十厘米的距离，我目不转睛地盯着看，大概只有十秒钟，它就飞走了。我血液里的热气冲撞了它？我看不透它的到来，没看清它的眼睛在哪儿，这一刻凝视亦成永恒。我特意在福山的海边支起帐篷，面朝大海，从骄阳正午到月升中天，我踏浪，吹海风，与其说感受大海，不如说感受内心的清明和平静。

自然太大，太奇，越看越令人敬畏，越看越让人心生谦卑。世界太大，跑多了，竟然不经意间混淆了此地与彼地。我尽量慢游，出去一趟不容易，为了避免浮光掠影，但终究还只是浮光掠影。儿子记得临沂大峡谷中几公里长的激水漂流，不知是否记得周庄的船娘边摇橹边唱江南小曲的情景；他记得在人民大剧院上台学狼叫的一幕，不知是否记得在德州打捞海带的画面；他记得石人沟徒步后草鳖子钻入后脑勺皮下的痛痒，不知是否记得挂着解说器走在地坛各处的那个上午……

细节永远闪亮，大概是因为某一瞬间的凝视与心动。

我想给他的，都被我享受，我无法确定他的心里想了什么，不知道他的记忆里存了什么。我不求结果，意义自然会来到吗？

走吧，还是继续走起来。沙漠到底是什么，戈壁到底什么样，让他验证他的想象，让他自己去发现。带着写作目的的出行，只要他眼在心在，自然就会在。

来吧，儿子，好好看看吧。不光是看沙漠，多看看这些庄稼，看看这些长在沙地里的耐旱植物，看看沙漠边缘那些隐蔽的巢穴中所安放着的卑微而坚强的灵魂。

5

在沙漠边缘，田畴是劳作的诗篇，是理所当然的风景。没有了棉花地、玉米地的装点，沙漠边缘露出了荒寂的本相，却更容易叫人发现另一种力量——来自野生动植物的顽强。而所有的心理准备，都强化着某种感动。

儿子早早站在队伍之首，以便保持领先态势，但在穿过一块棉花地进入沙漠边缘后，我们便渐渐落在后面，进入了"沙漠慢摇"模式。一个又一个新发现，绊住了儿子的脚。他跑来跑去地看，忙得不亦乐乎，棉衫后背湿了一块，脸蛋红扑扑的。我紧跟着他，分享他的每一个惊叹、好奇和疑问。

一队蚂蚁搬着一截干枯带刺的芒草，向一尺外的窝奋力前行。它们齐心协力，动作井然灵巧，哪一只是指挥官？谁在喊劳动号子？它们会不会像长眉驼那样，能听到几公里外风沙到来的脚步？我和儿子蹲身俯首，形成巨大的阴影，它们却丝毫不乱，着眼当下，走走停停，聚力于那根巴掌长的芒草。板结的沙土之下，是它们温暖的巢穴。儿子想伸手帮它们一下，却最终没有动手。天地仁慈，给我们湛蓝的晴空，给蚂蚁安生的芒草，让我们为了生的奋斗从不落空。

这是树菇？像金黄的灯盏，闪着眼，照亮了老榆树的褐色树干。骄阳下的沙漠边缘，苍凉远阔，而暖意和神迹，由一朵树菇轻轻讲述。我俩踮着脚尖，伸长脖子，想看个究竟。缘木求鱼是笑话，缘木求菇却可行。沙漠边缘的老榆树呀，原也如此风情，如此俏皮，如此浪漫。戴上一朵金黄的树菇，我不认为你已经老去，即使你褐色厚硬的树皮布满时光的老茧，枝丫长得乱七八糟。突然间，我想起"人老簪花不自羞，花应羞上老人头"的诗句，想象着苏东坡簪花时的难为情，不禁笑出了声。儿子问我为什么要笑，听罢宋朝男性"簪花"之习俗，他挠挠头，说："很别致呀！"

几个方形的沙鼠洞排在小土坡上，像雕了门廊的城堡，像张开的嘴，在一片沙黄里很显眼。幽幽深洞里，沙鼠正在酣睡，还是眨着警觉的眼，等着轰轰的脚步声远去？土地之下，沙鼠是黑暗里的行者和归客；土地之上，它们跟所有动物一样，营营役役，求食谋生。天地有仁，万物生死何异？儿子大概想到了沙鼠天敌的利牙，自言自语道："把洞打在坡上，这么不知隐蔽，它是怎么想的呢?"

冷不丁的，碰到一只蜥蜴，兵团人喜欢叫它四脚蛇。它支起上身，眼神又机警又萌。我们试着靠近它，只一步，它便以为不妙，闪得比风还快，哧溜一下就躲进梭梭根部，再也寻不着。与这只拟态动物不期而遇，我相信，百分之九十九的可能是它也很好奇，喜欢睁眼看世界。

"快来! 快来!"我指着卧在沙子上的一截梭梭，让儿子来看。它像极了一条干鱼，因为等不到东海的水，绝望得散架了。在被阳光吸干所有水分之前，它一定焦灼地大声呼救过。它选择了沙漠，便选择了干渴而死的宿命。它是遵从了天意驻扎于沙漠呢，还是被天意流放于沙漠? 接受命运也是一种智慧，绿过，昂扬过。真正地活过，真正地死去。最关键的，是顽强地活过。

离开这截干梭梭，走了不多远，进入一片绿色的梭梭林。有一株碗口粗的梭梭树，枝叶被风摘尽，似已枯死，却骨相奇异，有种决不服输的气势。儿子站在旁边，默思不语，我便说起这其貌不扬、给人生命启示的梭梭来。

很多人知道胡杨有生而三千年不死的顽强，只有生活在沙漠边缘的人，才最懂得梭梭的顽强。梭梭的种子是世界上寿命最短的种子，仅能活几小时，可是只要得到一点水，它就能在两三个小时内生根发芽，在自然条件严酷的沙漠中生长繁殖，迅速蔓延成片，成为固沙的勇士。过去，在兵团人眼里，干梭梭是宝。平时烧火做饭，冬天取暖全靠它。每家每户门前，都堆着小山似的梭梭柴堆。有一次我母亲用斧头劈梭梭，一根小拇指大的梭梭飞出，扎伤了她的额角，好了之后，留下一个浅浅的坑。"可怜的外婆"，儿子叹道。

"我来给它们下一场小雨，可能有好多种子在等水呢。"儿子边说着，边拧开了瓶盖，将半瓶水洒在梭梭树下。

走在绵软的黄沙上，他不时停下，弓着腰在沙上作画。我一会儿看他，一会儿看景。靠近农田的盐碱地上，长满了各种植物。它们蓬勃竞发，色彩斑斓，正盛放至绚烂的顶点，热烈得让人担心。但这是它们必需的跨越，生命至顶端，再行跌落，哪算辜负天恩。

在路的转弯处，一丛庞大的红柳赫然出现，儿子站定，仰望红柳，见其风骨庄严，直叹"辉煌"。

"妈妈，今天在车上，你说你叫红柳，你很喜欢红柳吗？"

当然，它让我想起马蹄莲、蒲公英、芨芨草、红花地，想起小时候奔跑在山野上的自由自在。夏日的红柳，远望似朵朵红云，飘逸柔美，旷野戈壁因此褪去沉重与沧桑，它们是坚硬中的生动，寂寞里的微笑。但红柳真正的"辉煌"，却在根上。它的根深入十几、几十米的地下，严酷环境中，它更追求生命的深度。小小一粒种子，在无边的贫瘠荒凉中生长壮大，彰显生命质感，令人沐化悲壮中的从容，那么励志，那么进取，与胡杨、梭梭以及一切不知名的植物一样，为戈壁沙漠引疏批注，让阅读者默然心动。这样的红柳，叫人怎能不爱呢？

博尔赫斯说：我只对平凡的事物感到惊诧。在沙漠边缘行走，我突然理解了他的话语。

6

种子借着风飞落到这里。

当种子成熟的时候，它们便做好了随时随地扎根的准备。风起风落，吹着它们的命运，它们无从选择，奋力张开翅膀，借着风飞翔。可是一旦落地，种子就开始书写自己的命运，它们牢牢地抓住生命，向这个世界展露它们基因的演变奇迹，显示它们的存在。

大片的碱地，干燥的空气。不知有多少种子飞到这里后，因水土不服，化为了尘土。那些适应了极端的环境，生长、开花、结籽的植物，便成为这里令人称奇、令人敬畏的英雄。

沙漠边缘有神话，一是为数不多、种类稀少的动植物；二是那些兵团人。而我总是忍不住想起我的大妹。

我的大妹，刚满十八岁，就被分配到兵团连队。多少兵团一代留下垦荒，多少兵团二代通过拼命读书考上大学离开。而她命运里的风，决定了她要么待业在家，要么去兵团种地。她因舌系带发育短而口齿不清，只上到小学二年级便辍学在家。再大一点，挑水做饭收拾家务，照顾弟弟妹妹。从十三岁起，她拿起《新华字典》，学会了拼音和汉字，可以看小人书；她学会了钩针编织，钩出方形或圆形的盖布，搭在茶盘和电视上，为家居增添了一丝雅致。我很小就住校，从未想过她在家的生活，只是每次假期回家，都觉得她也在长大，变得心灵手巧，清丽高挑。她从来没有因为要离开家而伤心，她坦然而喜悦，知道那个长在沙漠边缘的团场，正是自己的安身立命之所。她尝试过离开大田，在市场摆小摊，却从未想过离开兵团。最终她安于在土地里刨食，一年种瓜，一年种棉花，一年种麦子，一年种西红柿，一年一轮地坚持下来。

人亦是自然的种子，单薄的肉身，富有韧性而充满力量。三十亩盐碱地，一辈子面朝土地，她有过一无所获的苦熬，有过迟迟拿不上贷款的焦急，有过勉强还完贷款的庆幸，有过一季丰收现金落袋的欢喜。戈壁生态下的五味杂陈对人精神的磨砺，从未停止。一天又一天，一年又一年，大妹熬过来了，她扎下了根，结婚生子，将戈壁熬成了绿洲。

7

一个意大利女探险家，独自穿过塔克拉玛干沙漠后，跪倒在沙漠边，说："我不认为我征服了沙漠，感谢它允许我通过。"

沿着沙漠的边缘徒步六个小时的我，也想对戈壁、对沙漠说一声感谢。天不语而四时行，地不语而百物生。在这里，每一种生命都是奇迹，都昭示着生之明亮对生之悲情的超越。行走沙漠戈壁，蜻蜓点水般，只望到一刹那光景，却明白了何为卑微，何为坚忍，何为沉默。这不能不让人联想更多，对寄身的绿洲心生感激，对建设绿洲的每一个人默致敬意。

有人说，沙漠里什么都没有，沙漠里又什么都有。回望沙漠，落日正圆。那由农作物和野生植物织成的围栏，因夕阳照临，而光彩熠熠，让人意犹未尽——那是一种经久不息的生命召唤，透着生机和美丽。

这时，我的儿子一屁股坐在地上，我看见他的后颈还沾着几粒黄沙，他用手摩挲着黄色的沙子，说想装一瓶带回家。他从包中取出空瓶，放在沙子上，双手捧沙，对准瓶口。融融的沙子流进瓶中，像一些记忆被装进了心里。

亲爱的土豆

大草滩和土豆花

四周的山太过沉默、荒芜和冷峻，但上苍怎么会让这里一味地干燥和死寂。

天山下的寒冷是天赐。寒冷送来雪，雪送来春天的融水，春天的融水送来河坝，送来一眼泉，送来一个大草滩。如此，山沟就有了像样的春天、夏天和秋天，我们就有了葱茏多情的记忆。

最先报春的花是野生郁金香，俗名老鸹蒜。那天，要去旱厕，走我家房屋背面的山坡。那偶然，那惊艳，是天意：黄色小花全都笑疯了，让风撵着满山坡跑。我看呆了，看醉了，糊涂了，它们从哪里冒出来的？头一天，山坡都还傻愣愣的。

一切都是天意。

长大了我才知道，河坝的水源自高高的天山，来自远远的紫。我难忘的山沟，是天山无数褶皱中的一个，它从未被遗忘。

天山雪水不计其远来此巡游，开出一条河，流成平坦的山谷怀里弯曲的歌。

那么大一条沟，也不知是不是大水冲出来的，我们叫它河坝。河坝毫无修饰，粗糙得让你不知该说什么，反正肯定不是用簪子划出来的。能用簪子划出的河在天上，河里有亮晶晶的星星。河坝里只有石头，大的，小的，中不溜的。它们啥时候开始长的，天知道。河岸处裸露出来的榆树树根，粗细纠结，乱七八糟，万分狼狈，看着让人揪心，可抬眼望，榆树还是榆树，绿叶婆娑，绿得毫不吃力，我很快就不为它操心了。夺走它身子另一边土壤的力量，可能会是一场大山洪。根据河坝的粗犷样貌，山洪来过。

我们逐水而居，这没什么好解释的。

以河坝为界，东边是小煤矿，是人家；西边是农田、是大草滩。风在东边，常常要脾气，掀起煤场里的煤灰、空地上的浮土，没头没脑地作恶。风去了西边，逛逛菜园，撩撩草，逗逗花，由着性子，还是没头没脑的样子，却惹得田野软笑有时，有时沸腾。

呼朋唤友，去河坝西边。大人从不拦着，谁也拦不住。田野最是勾魂。

过河坝，大石头渡我，木板小桥渡我，我攀上河岸，田野打开自己，明亮开阔，让我幸福得头晕。

田野一到春天，就张扬。它张扬，得意，还不是因为怀里揣着宝。就说上苍怜惜众生，给这荒僻的山沟送来了一条河，犹嫌不够，还送上一眼泉。泉出水很大，纯净得很，慷慨得很，养着人，还养着一个大草滩。

　　大草滩为悦己者容，梳妆画眉，尽情妩媚，让我们欢喜得不知天高地厚，撒欢打滚，仿佛都中了花妖草仙的蛊，忘形于五色，狠狠地涂抹着童年的开心画卷。

　　当百花在春天盛开时，我们盛开的好心情是不是也是春天？

　　谁说一朵花开，就是一个故事。我们懵懂，多亏天性牵引，天天往大草滩跑。花花草草最可亲，心儿驾着云朵飞。能认出的花草太少：芦苇、芨芨草、狗尾草、马蔺花。野芹菜、野韭菜呢，无师自通地就给命名了。多年以后，拿着本《图说新疆野生植物》，将那些叫不上名字的花草请进文字，在大草滩重聚：小香蒲、菊苣、旱麦草、野燕麦、海韭菜、矢车菊、牛蒡、苍耳、土木香、拉拉藤、穗花婆婆纳、鼻花、野胡麻、鼠尾草、勿忘我、柳兰、离子芥……陌上花开，我曾皈依。不管它们在书里叫什么，我确信我见过它们每一个，在大草滩的春天里，它们全都对我笑过。后来，它们长在我的梦里了，笑意葱茏，愈发妍丽。几十年如是。我已沧海桑田，大草滩也一样，它无力成全我怀旧的心情。今年夏天再去甘沟，大草滩已面目全非，如今那里是芨芨草的天下，被哈萨克族牧民围在铁丝网里，在阳光里闪亮，它不晓得大草滩前世的多样和繁华，不晓得蜜蜂和蝴蝶的快乐安逸。风还在，种子在不在？泉眼还在，喝水的人还在不在？大草滩不在，我也已不在。芨芨草如此茂盛，是为特里渥别克家的羊准备的。羊很开心，我该为羊开心吗？

　　大草滩的旁边是田地，爱种什么种什么，老乡的心思，懒得猜。要是再种红花，还是会很稀罕。绚丽，壮阔，那么好看，叫人精神振奋。老乡们都是能人，种子都是神话。

那年种了土豆。五月里，老乡们笑眯了眼。细看，土豆花才叫美：五瓣，黄色的花心、花蕊，兴致勃勃，娇憨玲珑。白色的花海，涌起无尽香风，意味深长。土豆花是土豆的迷魂计，只是我们不识花，也不识土豆的隐逸之道。

阳光在花和叶上蹦来蹦去，维护着农业的庄严；纯洁的泉水游进土豆的根底，养大了土豆。它们什么都知道，我们却蒙在鼓里。

我们才不计较。不是还有大草滩？我们陷入花海，在青草上绊倒，真自由。没谁偷摘土豆花，就像不摘自家的南瓜花和辣椒花。方形田地，是一道咒，哪敢造次。十来个男娃女娃，心里都有分寸：地里的花，是秋天的粮。

没想到，我们不急，土豆急了。路边的那个尤其性急，哗地掀开黑土，拱出半截，暴露了身份。我们又不傻，不认得花，不认得苗，还不认识土豆？手一下痒到不行，几个小脑袋迅速围拢，忍不住去抠。

"弄啥！"一声大吼。是老乡。我们赶紧跑，迅速撤到河坝。瓜田李下，躲远点，你奈我何。正是傍晚，炊烟升起，回家。多了心事，多了惦记，禁不住怪罪傻乎乎的土豆，你才勾魂。

土豆的夏天

夏天长在花草里，夏天还长在土豆里。我隐隐感到，土地有魔力，土豆不是省油的灯，土豆会叫魂，唤醒人类劳作的本能，满足人类收获的私欲。

　　我妈让给兔子拔草，我跑得比兔子还快。提着筐子，顺路就约了几个人。大草滩，蓄谋已久，心照不宣。

　　午后日炽，花妖草仙们毫无倦意，长长的泉流边，紫花、白花、黄花，在争艳，在自我完成——所谓伊人，在水一方。我爱紫色和黄色，气质里的冷清和开朗，大概亦缘于此，多年后才恍然，一切皆是天意。

　　野苜蓿喝泉水，翠愣愣的，又焕然一新。头天的脚印早被夜风吹散了。

　　几个人蹲下，把野苜蓿请进筐子。

　　不可思议。向日葵追着太阳跑，玉米顶着一把胡须，抱着茎秆不撒手，谁不稀罕阳光？土豆就不，它躲在黑土下，悄悄地，往大里长，往圆里长，长成了应该长成的样子。圆咕隆咚，敦厚实在，里外一致，没有任何多余，连核都没有，全是润白的肉，一目了然，童叟无欺。如此简单，又如此不简单。

　　土豆最不简单的，是让我们顶着挨打的风险变成小毛贼。

　　偷土豆，一个人做得来，但不好玩，几人搭伙，才有趣。胜利图景亮汪汪，跟我们眼神一样：土豆片嗞嗞响，土豆片外焦里嫩，土豆堪比一颗糖……在哪儿烤好呢？许小毛家，他的炉子在外边，白天都压着煤，留着火。这老头儿，脾气好，不会撵人。

　　谋划是在河坝完成的，老榆树全听见了。老榆树记仇，我们嘲笑过它，它不会为我们通风报信，它高高托着老乡，看清了我们的一举一动。大草滩也洞悉了一切，它沉默无语。我们和它有默契，长大，得从冒险开始。

　　胆小者若小白，小鼻子小眼，最会看眼色。东东玩雷管少了两根指头，挖土豆没速度，这两人就放风吧。小白爬到抱着泉水的小山包上，东东躲到一丛芨芨草后面。

我和丽丽慢慢靠近土豆地。她野，我淘。需要胆量的事，我俩来。我和小白打过架，和东东也打过。丽丽帮我打，永远跟我同一阵营。打过就忘记了，煤矿就那么几个孩子，得罪光了，找谁玩去，我们早早学会了一笑泯恩仇。万一被老乡逮住——万一被逮住怎么样？看他能吃了我们？

那老乡一看就不好对付，黑脸庞，中等个儿，眉眼没看清。土豆一冒头，他就开始围着土豆地绕圈子，频繁踏入我们的大草滩，从我们身边闪过，脚步咚咚响，呼气如牛。等再一抬眼，他人不见了，神出鬼没，真烦人。

老乡从天而降，大吼一声，把我和丽丽吓得一哆嗦。他目光如炬，燃着愤怒，像牛一样喘气。我和丽丽愣了，找不到逃跑的路。他横在跟前，是铁塔，巨大寒冷，能一巴掌拍死我们。

我提着筐子站起来，他一下子拽走了筐子。我赶紧去抢，我家兔子要吃草，给我！给我！我拽着筐子喊。老乡不理我，等着丽丽投降。丽丽把土豆从筐里翻出来，扔到地下。土豆骨碌了几下，躲到叶子下面。它那么新鲜，沾着地气，带着我们手心的欢喜，转眼之间就变成了罪证。

丽丽快速站起来，嗖地就跑了出去。老乡愣了一下，去追，我被拽倒在地，气得尖叫。没了筐子，咋给我妈交代。

我站起来找小白和东东，他们正慌里慌张跑向我。

"失败了，失败了！"东东喊。

"快跑，快跑！"小白喊。

丽丽跑脱了。风一样的女子，多年后校运会的短跑冠军。

老乡黑着脸一个回马枪，吓得我们仨魂飞魄散，呆立片刻，拔脚就跑。老乡的怪叫，被风吹着，落得到处都是，直到现在，我都能听见。

如实告诉我妈，等着挨骂，竟然没有。只吐了八个字：小时偷针，大了偷金。就这么算了？我真看不透她。

快傍晚，我妈提着筐子回来。草没少，还装着几个大土豆。她神态轻松，"给老乡送了豆角和辣子，老乡送我土豆。"她很神，在我看来天大的事情，在她眼里就是芝麻。

土豆光明正大地坐在小饭桌上。我妈给它搭配了豆角。一绿一白，同唱主角。煮出的两种软，都恰到好处，特别好吃。四个小吃货，一顿狂扫。

晚上睡不着，想土豆。手凉，又奇怪地麻。

手上有基因里最原始的记忆，有祖先劳作的历史和心酸，有土地浸染的欢喜和依赖。大地喂养生命，慈悲忍耐，捧出果蔬和粮食，只有一双厚道的手，才能接得住，才能从大地感受快乐，才能喜欢一颗土豆的深沉和朴素。

我那时懂什么？当我怀着狂喜，一点一点地刨出一颗潮湿冰凉的土豆，被那短暂的愉快手感撞击时，挨打也值了：土豆打开了我对地下世界的想象。

土豆地里的许小毛

就奇怪，怎么会记得那么牢。

天然油画。褐色泥土上，一个挥锄的矮小身影，往远是大草滩，再远是山。

这种记得，像冬天捉麻雀，捉到麻雀的喜悦模糊了，那一地的雪白却深刻于心。

许小毛在土豆地的身影，看着特别得小。他以超级的耐心，在被翻过两遍的土豆地里，继续翻寻。褐色的泥土浪花翻涌，他举锄，一下一下，不紧不慢。从地边开始，直直地刨到地的那头，再转回来，挨着刨过的地方，新开一条道。他在过筛子，过得细。我看在眼里，觉得他很不一般。

老乡们挖土豆的那天，天朗气清。地边的芨芨草，惊诧于揭谜般的成熟姿态。麻雀越过粗壮杂草的围栏，衔走老乡们眉眼里的得意。土豆不是它的菜，它要谷粒的香。杂草拥挤在路边，没有了土豆的苗和花，依存关系便告完结。这一季也就结束，它的日子不好过了。

实在是块好地。土豆互相推搡，急急涌出黑土，看太阳、看天空。土豆大丰收，成堆成堆，把人馋死。真想帮老乡们挖土豆、捡土豆。不在乎白干，让摸摸就行。老乡们骄傲得很，他们的宝贝，不许我们靠近。等他们把成车的土豆运走后，土豆地成了自由身，我们便一拥而入。

煤矿上的大人孩子，过节一样兴奋。各自站一个点，隔着差不多的距离，领地便自动形成。于是，开始寻宝。各家比赛似的，小孩尤其兴奋，为刨出来的每一个土豆献出惊呼。土豆地被搅得热气腾腾，还埋在地下的土豆，一定激动万分。

我家队伍五人：我妈，加我弟妹四人。我妈挖，时不时有土豆跳将出来，弟妹抢着捡。我要自己找土豆，用手拨拉已翻起的土块，东一下，西一下。我深信，有个又大又圆的土豆在等我，它深藏地下，躲过老乡的锄头，或者被挖出来后，又机智地用松软的土打了掩护。它这么做，就是为了等我。

土豆装满筐子后，老妈说收工。我过了挖土豆的瘾，像吃了牛奶糖一样开心。各家都大有收获，提着满筐土豆，满意地离去。这地有情义，待人不薄。

第二天，许小毛挖土豆，地里就他一个人。

第三天，许小毛挖土豆，地里还是他一个人。

也有土豆等他？确实有。他的小篮子，第一天是满的，第二天也是满的。而且，他刨出的土豆个儿都大。

我在河坝这边，看了他很久。落在他身上的所有闲言碎语都不值一提。就因为，他对黑土的信任，对收获和力气的依赖，还有他拎着筐子走上河坝时，一脸农夫的黝黑和淡然。

他用一整个上午，或者一整个下午在挖土豆。我东跑西颠，和小伙伴们一道，一会儿在河坝东边的烟火里飘荡，一会儿跑到河坝西边的大草滩作妖成仙。煤矿巴掌大，一块空地聚集玩伴，几脚就走完了，还没有土豆地大。跑来跑去，许小毛都在我的视线里。远远看着那画面，觉得他孤单可怜，又觉得他比谁都自在。玩起来，没个时间，肚子一饿，想起来该回家。回到了河坝这头，刚好碰到许小毛。他肩扛锄头，手提一小筐土豆，头顶斜阳余晖，回他的土窑子。

用几个小时，挖几个土豆，划算不划算，只有他知道。那时我脑子里没有"成本"二字，整个煤矿一百来号人，就他舍得出力，舍得时间。看着他挖土豆的画面，心里有感动。

第一批建矿职工的身份，不是秘密，但哪个小孩用"劳改犯"三个字骂他们，定会挨父母一顿打。多年来他们被划为另类，低人一等，大多沉默寡言，不苟言笑，阴沉落魄。

许小毛来自上海，劳改罪名是"贩卖假酒假药"。"你说，哪有那么多老虎？他卖虎骨酒，虎骨膏药，还不都是假的？"我妈后来推断。

低到尘埃，沉默是金。许小毛的生存哲学，有点像土豆。他会用榆树条编筐子，用芨芨草扎扫把，活儿很漂亮。别人开口，他就帮忙，几天就交差。等到刑满，他卸下包袱，跟人有了交流。他的期待才为人了解，为人同情。

因为被劳改，许小毛一生未婚。他哥哥早死，留下两个丫头，弟媳妇养着吃力，便央他帮着养，说不白养，等他退休回老家，自己就嫁给他。许小毛一直给弟媳寄钱，但他弟媳妇没等住，先嫁了。他还是每月往老家寄钱，指望老了投奔两个侄女，他不要死在异乡的山沟沟里，要叶落归根。后来好多人家为了孩子上学搬了家，许小毛一直没挪窝，他也没地儿可去。不知道后来河坝对面的地，是不是还种土豆。如果种了红花，巨幅的璀璨金红，是好景色。他出门就能看到。

十几年前我妈在第六师招待所坐车，正巧碰到他，他刚下车，要赶火车回老家。他看着已经有些糊涂了，认不出我妈。我妈说出了自己的名字，他想了好一会儿，才使劲点头说想起来了。我妈给他买了一支冰棍，他接过去，很开心。那一年他快八十岁了。

有一年夏天回了甘沟，泉还在，周边砌了水泥，泉坑上面蛛丝轻佻。特里渥别克告诉我，泉已经被污染，不能喝了，牧民现在喝自来水。暴殄天物啊！我坐在泉边砌石上，伤心了半天。切尔诺贝利核电事故后，科罗拉多甲虫照样为所欲为，四处出没，把土豆吃到只剩叶子。百毒不侵，只是传说；核毒不侵，这甲虫是奇迹。可是，去他的奇迹，我的泉有毒了，我那被泉水宠着的花妖草仙，被夏天养大的土豆，再也回不来了。那年的土豆地，留下丰稔记忆，现在却独吞荒弃的心酸。

河坝上，许小毛的房子，四十年风侵雨蚀，竟然还保存完整。厚厚的土块墙坑凹惨淡，房顶上丛丛枯草，伸向蓝天。从破窗户望进去，只见金色的顶棚纸胡乱飘落着，地上蒙尘深厚。在这一凝望中，时光好像突然凝滞，但我脑中飞车走马，人气未散尽，世事已沧桑，还能说什么呢？

挖土豆的许小毛，一直都在土豆地里，那块土豆地，一直在我心上。人到中年后，我常常问自己，为什么许多人事模糊，那个默默的、瘦小的、执着的、孤独的身影却深刻脑海？

后来，我想明白了。是因为那一季土豆，因为那块开阔的褐色土地。

被味蕾宠爱的土豆

小妹有了吃煤的嗜好，这可惊坏了我们。更恐怖的是，她啃掉了锅台的一角。啥毛病？

嘎嘣嘎嘣，她吃煤像吃糖，看得我们目瞪口呆。那是煤啊！

黑乎乎，脏兮兮，硬邦邦，再好吃，能比得过炒面、发糕、苞谷面糊糊？父亲的眉头皱起来了，母亲抠出她嘴里的煤块，举起的手欲打还停，张开的嘴欲叱还休。小妹太小，三岁半，啥也不懂。

我、大妹和弟弟，搜小妹口袋，把煤块扔掉。

小妹性子烈，哇哇大哭，狠命跺脚，挂着眼泪，一扭屁股，又去了煤堆边，一边盯着我们，一边找煤块。胖窝窝的手捏起的小煤块闪闪发亮，她倒会挑。乌黑没光的，她不要。

那时我家刚从兵团调到甘沟煤矿不久。山沟虽人少地偏，买东西不方便，但煤炭供应充足，免去了到戈壁滩砍梭梭柴的辛苦，换个新单位，能摊上这份好，就不错啦，父母挺高兴。没想到，小妹又吃煤又啃土块，时间长了，我们见怪不怪。我妈总心疼这小怪物，把她抱在怀里，一边擦黑口水和黑煤渣，一边说："儿呀，你莫不是在吃人参果？"

几十年后，一机在手，搜尽天下各种稀奇古怪。吃煤吃土有多稀奇？吃石头、吃砖块、吃玻璃有多稀奇？要说稀奇，是没吃出人命。

1977年物资匮乏，粗粮细粮搭配供应，倒没挨饿，饭菜味道看各家本事。我爸妈一致认为，小妹缺营养，要补，得多吃菜。

冬菜的储备成了大事儿。

到哪里去买菜呢？父母亲四处打听，人托人，终于在朋友的朋友的亲戚地里，买上了土豆。整整750公斤！人均125公斤。1公斤土豆1毛5分钱，总共花去了112.5元。

为了我们，爸妈豁出去了，不惜掏空家底。我爸月工资41.12元钱，我妈装车一天能挣个块儿八毛。巨款从何而来？卖东西卖的：一大堆梭梭柴，外加一头据说聪明异常的猪，总共卖了120块。"多亏那时年轻，挣完一天的工分，还有劲儿和你爸跑戈壁滩砍柴，卖了70多块。"我妈摇头，好汉不提当年勇。

老乡厚道，送货上门。驴车上满满载了三大麻袋。把驴累得够呛，不停甩头。围着驴车看稀奇，驴稀奇，长得漂亮，麻袋里没露面的土豆更稀奇。我们的眼睛放着光，浑身的细胞都在跳舞。三个大人合力将土豆卸下来。我妈把钱给了老乡，千恩万谢的，目送老乡赶着驴车离去。

可以吃到明年开春啦，我爸说。那时没概念，现在知道，要吃半年。再晚一点，买些白菜和萝卜存着，冬菜就算备齐了。本就没啥能买的，为了调剂口味，维持营养平衡，我妈和几位阿姨，常走路去二十公里外的阜康，背点海带回来，运气好，再买两块冻豆腐，就跟过年一样。山沟小煤矿够孤单的，前不着村，后不着店，若没条拉煤的路，谁还知道里面窝着十来户人家。

菜窖里满是土豆，家里也堆着土豆。从那天起，土豆长在眼睛里了，绕都绕不开。那是一道无声的慷慨：敞开吃，爱怎么吃就怎么吃。

土豆哪里还是菜，分明成了主粮。要不说我妈神呢，只要能买上，就绝不手软。这土豆，从不被欧洲人待见，到被法国人视为和爱情一样宝贵，从俄罗斯人须臾离不开的依赖，到山西"五谷不收也无患，还有咱的二亩山药蛋"，直至我国实施以土豆为第四大主粮的粮食发展战略，误解、枪声、血泪、死亡、感恩，它什么没见过。天地别无勾当，只以生物为心。天地生土豆，土豆就是仁爱，它身上那些芽眼是救命的希望。饥荒袭来，把土地交给土豆，它一朝长成，能提供无限：生命的能量，种族的生存，文化的延续……

那时，我爸妈把土豆叫土豆。没有土豆的冬天，还叫冬天吗？

为吃土豆，我妈心思用尽：煎、炸、煮、烤、炒、蒸轮番上阵。现在随便百度一下，"土豆的六十种吃法"便跳入眼帘。六十种，不夸张。做菜要有想象力，有混搭的才华。我妈虽是巧妇，也不过区区几种，真够难为她，好在土豆极亲和，百吃不厌。但在那个寒冷而漫长的冬天，吃法单一，从来不是问题，重要的是有土豆可吃，想怎么吃就怎么吃，永远不用担心吃不上，不够吃。

煮一大锅土豆汤，土豆块煮得似烂非烂，酱油调色，猪油调味，最后飘上葱花，那香味，最勾动食欲。简陋的家，被我妈用一锅土豆块供成了天堂。学着我妈的样子，撕一块苞谷面发糕，汤里一泡，连汤带土豆块、发糕一并吸进嘴里，是一种圆满的香。

蒸土豆的吃法最简单，也最平庸，吃不出欢喜，饱腹而已。可是伸头到梵高的画里一瞧，这种念头便显得罪过。五个穷苦百姓，破旧的桌子，昏暗的灯光，热气腾腾的马铃薯构成《吃马铃薯的人》。印第安人的"丰收之神"到了欧洲，命运跌宕，真正属于它的家，正是那些饥饿的人。梵高笔下的马铃薯，是印第安人的马铃薯，是法国的马铃薯，是甘肃山地上的马铃薯，是梭罗自留地里的马铃薯，是我家锅里的马铃薯；是十六世纪的马铃薯，也是二十一世纪的马铃薯。它以无比耐力，将古老的生命密码，告诉天地间的每一个人，养人性命，善始善终。

蒸土豆容易吃够，吃恶心。我妈早防着呢。那就煎，出味儿，还有趣。炉火捅旺，平底锅，沿锅抹一层猪油，稍后放进土豆片，半煎半烤。饭桌就在炉子边，我们围坐着，伸着脖子等。取出来的土豆片金黄色，内敛，油润。一片片摆在搪瓷盘里，摆成一朵花。我妈刚一说"吃吧"，花瓣就举在了各人的手中。一口一口吃，莫名其妙地生出仪式感。其实，是一种幸福和满足。

自己也烤土豆片，如果爸妈不在家，就用铁架子。铁架子是加热必备工具，专为烤苞谷面发糕、烤土豆片而制。我爸妈没有搬进楼房前，一直在用铁架子，烤馍片很方便。烤土豆片，不光是为吃而吃，也是为玩而吃。最初住的窑洞，只一间，巴掌大，膝盖碰膝盖，几个孩子挤在一处，连捣鼓吃的，都是好玩的游戏。

炉灰里烤土豆，最叫人期待。四个小吃货盯着看。我爸将煤灰用铁钩捅下来，再刨开厚厚的煤灰，埋进两三个土豆，炉膛里加满煤，一晚上炙热不绝。早晨我们起床迅速，一心惦记着烤熟的土豆。我爸用火钩扒出土豆，跟我们一一对过眼神，才快活地喊："吃烤土豆喽！"撕开干皱的土豆皮，热气与香气袅袅冒出，肠胃和心都被烘暖烘甜了。

我妈我爸笑了，小妹忘了吃煤渣，张口闭口要吃烤土豆片。

父母放任我们，由着我们折腾土豆。我切土豆，弟妹们抢着烤，烤不上，就生气，就吵架。还猴急猴急的，不等熟就抢，吃不上，也吵。有一次，还没熟，小妹不管，拿下来就往嘴里塞，正巧被我妈看见，就打了她一下，怪她性急，瞎吃。

我妈一走开，小妹对我说："姐，我们去自尽吧。"我忍住笑，问为啥，她说："连土豆片都不让吃，活着还有啥意思。"

学给我妈听，我妈乐了。土豆是药啊！

如今，四季菜品丰富，土豆仍然是我们一家人的最爱。我一同学小时候吃糖精吃伤了，到现在不喜一切甜品，无福消受各种美味糕点。到底是有机食物可靠，土里生土里长的土豆，是大地之恩赐，生命之热量，味蕾之钟爱。要不，那时一连两个冬天，我们上一顿土豆，下一顿土豆，左一个土豆，右一个土豆，怎么就没人吃伤呢？

土豆的滋味就是生活的滋味，可以最淳朴，也可以最丰富。无限的可能性，削减了物资匮乏时代的窘迫，证明当下日子的幸福和平安。土豆受捧于东西南北的餐桌：酸辣土豆丝早已是国人最爱，牛肉烧土豆最有历史，新疆大盘鸡已闯出名声，鸡肉和土豆谁唱主角已不重要。反正我执着地爱着我的土豆，也爱着以土豆为宝的热乎乎的人间。

窗里窗外

走　近

我与乌鲁木齐最早的交集，始于我母亲来疆后第一次回湖北探亲。

那一年，我五岁。离开新疆时，母亲带着我和大妹、弟弟，肚子里还怀着小妹，一年后回到新疆，她带着四个小孩，我无法想象她是怎么做到的。我对乌鲁木齐火车站的模糊印象，是人很多，乌泱乌泱的，想上厕所，是个大麻烦事儿。这个记忆，重叠着我在武汉火车站的记忆。就因为想上厕所，我松开妹妹和弟弟的手，穿进人腿森林，东窜西寻，结果把自己弄丢了。

我边哭边走，沿着一条小道，拐上了一条两边生着高大树木的公路，这条公路看着熟悉，我以为能通向一〇三团，可以回家找爸爸。不知走了多久，黄昏渐临，一个拉板车的阿姨，叽里呱啦一通后，拿出一节藕让我吃。后来，我向我妈描述为"一个窟窿一个窟窿的东西"。阿姨将抱我上板车，拉回了她家。黑黑的屋里，阿姨抱着我，与丈夫轻柔地说话，我在她怀里睡着了。迷糊中，我被抱上自行车的后座。过道。一个亮着灯光的房间，妈妈、大妹、弟弟！我奔向他们。

后来，我常想起那条公路，想起那种无依无靠的痛。某种熟悉的东西，是生命的依赖与依据，它带来安全感。我从来不愿设想留在武汉后的命运，只要与亲人在一起，哪怕山僻地远，都是命中之福。

往后十年，我的生活与乌鲁木齐无关，但我在一刻不停地长大，在一步步靠近它。十年后，我在一〇三团子校上中学，每个假期，我都辗转于团场和山沟，乌鲁木齐成了中转站。原先，一〇三团场的班车点，设在红旗路市场旁的一个大院子里，一圈平房批发香港明星贴画、磁带、发卡、贺卡等各种新鲜小玩意儿。冬天坐班车比较辛苦，冷，哈气成霜，窗玻璃上总糊着厚冰，隔开外面的世界。三个小时的车程，我们将头缩在围巾里，听着闷声闷气的引擎声，打一路瞌睡。有时想看外面，便用指甲盖除冰，将眼睛凑近小洞往外看，只看到灰黑的田野，灰黑的房子……

车一到站，我们就迅速下车，脚底生风地穿过红旗路市场，过人民广场，赶到北门群艺馆坐33路车。33路车从来都是人满为患，车未停稳，人已挤成了饼。有一回，我抓住扶手，还没站直，车就慢慢开动，我赶紧接应身后的女同学，一回头，见她正摔在地上。我急得大喊，她的脸煞白，像小兽一般弹起，拼命紧跑，抓住了我的手。

总在一边记得，一边遗忘。奇怪的是，回家的记忆空荡苍白，像被抹去。因为平淡？我们偏偏活在重复不绝的平淡里。但返校的记忆却灿然鲜亮。从群艺馆走到红旗路班车点，那一路，街景丰富，人气旺盛，不同语言、各种口音汇成波光粼粼的河流。炖羊头羊蹄、爆米花、葡萄干、凉面、烤肉、拌面、芝麻馕……有人说，市井长巷，聚拢来是烟火，摊开来是人间。而我们依恋的，不过是那一碗温暖红尘。当时红旗路有一家拌面馆，掌柜老汉六十多岁，人精瘦，目光清澈，给后堂报单，一串九曲十八弯的维吾尔语，像唱山歌，有趣极了。往后，红旗路市场越来越热闹，越来越像百宝箱，抖出一街新鲜，装扮我们的青春，喂养我们的好奇。我在摊上买过大红色羽绒服、咖啡色皮夹克、系腰带的蝙蝠衫，还有一款十二元的项链电子表。转过市场后，便到墙根处，寻一家书摊，花一毛钱，得一小板凳，坐享一段阅读小时光。等再次逛到红旗路市场，它已变身为电子数码城。

这条固定路线，来来回回的，我走了五年，我在长大，乌鲁木齐也在褪旧布新，日益增添神采。我曾报考了武汉大学，想找恩人，但阴差阳错，成了新疆大学中文系的一名学生。一到周末，女生便结伴逛街。我们像一块厚海绵，吸入目光所及的一切美好与新鲜，紧紧抱住这座城市能给我们的一切。在全国改革的号角声中，在时光的河流里，它迈出的每一步，都朝向美好、朝向希望，而我们是见证者。

毕业分配，我留在了乌鲁木齐。我住校时间长达十二年，与亲人聚少离多，命运让我在这座城市扎根，平安顺遂，与亲人近距离相守，还有什么是比这更温暖、更重要的事情？

第四扇窗

三扇大玻璃窗，木地板，一块大黑板，大肚子掀盖书桌，是新疆大学中文系教室的标配。窗外树影横斜，阳光与晶蓝天光穿过树叶，印在红漆剥脱的木地板上。踏进教室，便觉迎面一亮，我喜欢这种感觉。待拐向座位，东墙上一览无余的雪白，又让我觉得缺了点什么。

我的思绪不时飞回团场那间高三教室，南墙、北墙各三扇大窗，光线充足，开小差时，眼睛瞥向窗外，望见操场上那架高大的铁秋千。这一瞥即被它们提醒，还有更好的生活在前方，我只能奋力奔赴。而我常常在晚自习之后，去荡秋千，一荡便荡到三四米的半空，高过榆树，飘飘欲仙，内心像充了电。

我约了宣传委员刘晋豫，拉着她站在讲台上。让她看足够高，足够空旷，却空无一物的东墙。那单纯的白和单纯的空，让飞翔的思绪无处落脚。生硬，僵化。它只是一面墙。

晋豫来自阿克苏市，气质脱俗，五官精致。高二时我迷上琼瑶，接受第一波审美教育。看到晋豫，关于诗意女子的缥缈想象，从此有了依托。

"你想怎么弄？"她问。"我想在东墙上画一面大窗。"我边说边欣赏着她。"为什么是窗户？""窗户能引导目光，冲破墙壁，看到远方的远方。"我相信，我们的内心都渴望一扇窗，渴望更多的光亮。

一拍即合，说干就干。我俩买来了彩纸和白纸，裁剪，拼贴，搬桌子，抹糨糊。东墙上，出现了一个大大的窗户。凭窗而望，蓝天无垠，白云悠悠，一只白鸽展翅飞翔，是一种干净澄明的境界。效果很惊艳，教室里平添了文艺气息，焕发着美好的光彩。那时，大多数同学都还懵懂，并不知学中文将来能干什么。但以中文之名，以青春之名，搞点情调，摆脱土气，是我们意欲脱胎换骨的第一步。

下课时，坐在第一排的我，常回头看起身走动的同学。在清远的背景之下，他们自在谈笑，摇头晃脑，有种天真的得意……如今想起，一切都历历在目，分外美好。

一扇虚构的窗，一年四季永远晴朗，也许代表不了什么。周五晚上，我们挪开桌子，学跳四步、三步，全班一起跳二十四步，跳得热火朝天，教室成了青春、幸福的岛屿。平时我们听课学习，就像野羊，给啥吃啥，并不在意课程有趣与否。中文系慢慢展现它的专业属性，我们就慢慢适应，按老师开出的书单借书来读，走进文学世界——这是另一扇窗，为人类的心灵而洞开，光亮永恒。

这世界的可爱，就在于有外物可假。

亮 光

对明亮的窗户有种执念，也许源于曾经被阴暗逼迫的记忆。

我六岁时，家搬到大山深处的一个煤矿。全家六口住小窑洞，取亮全靠一洞天窗，光线弱得让人发慌。有一天中午，我独自在家收听小说，听到乌鸦在坟头嘎的一声飞走，吓得一激灵，几步便蹿出门外。都是黑闹的。

有一天傍晚，父母争吵，都逞强说丧气话。我和弟妹被撵出门。我妈气鼓鼓地出门，转眼就没了影。我不敢进家，便爬上房顶，由天窗往下瞧，却和我爸目光相撞，他正仰对天窗，手上举着一个瓶子。敌敌畏？爸！我哭了起来。窑洞太狭小，太暗，太憋屈了。黑暗令人不安，因为缺少一扇大窗子，它无法容纳光明，无法释放消极的情绪。虽然人常常低估自己适应环境的能力，但黑暗中的脆弱，像冷雨，我希望永远不被淋到。

小学四年级住校，那宿舍，亦是噩梦。二十多平方米，房顶被熏得乌黑，只有一个前窗，铁纱和玻璃都厚尘深垢。阴天时，屋内尤其阴暗。火墙背光的一面，阴影浓重，无端地叫人害怕。晚上一盏油灯，灯光如豆，驱不散冬天漫长的黑夜。我和另外两个小女生，用棍顶着门，每日睡觉都胆战心惊。

初中住校，环境很好。教室是一排排整齐宽敞而气派的砖房。那时团场领导开明，为了让兵团子女通过上学改变命运，大力支持教育。父母再次搬了家，依然住窑洞，没天窗，拉了电灯。一放假，我爸就借来单位订的《十月》《萌芽》等杂志，堆在五斗柜上，比电视都高。有时我就着电灯看，有时坐在窑洞外荫凉处看。经商大潮涌起，我妈去乌鲁木齐打工，由辍学的二妹整日守着窑洞。窑洞黑灯瞎火的，位置又偏，又没邻居，能久住吗？有一天，我妈拿起镐头，五下七下，将洞口刨塌了半边，然后去找厂长，厂长过来一看，当即将山下一套砖房分给我家。砖房当然好，有窗，亮堂。父母立刻动手装修，金色的顶棚，一张三亚风光贴画，寒舍生辉，叫人心情好不愉快。

2007年，我们凑款为父母买了一套楼房。看房那天，正是下午，阳光从南边厨房的窗子洒进来，在地上拖了一条长长的光路。有一瞬间，我被打动，那道光的安详，有黑暗记忆的人都会贪恋。

收拾完家务后，我妈喜欢坐在茶几一角读书。她微微低着头，胳膊搭在膝盖上，手举放大镜，在书页间缓缓移动。那恬静的剪影，那一刻，叫作岁月静好。我也才知道，我妈有文化，爱读书。而一说起这宽敞，这明亮，母亲总对我说：沾了你的光，沾了城市发展的光。目光软软的，柔柔的。

一切，都会好起来的。在明亮的窗下，明亮地生活，不再是梦。

阅　微

几个班委一商量，决定办一份文学手抄报。起什么名字呢？晋豫一锤定音：阅微。

"阅微知著"是也，我喜欢。但我只知其一，未知其二。晋豫的"阅微"，语指一部奇书——《阅微草堂笔记》。这是她父亲最爱的书。书中记了不少乌鲁木齐的奇闻轶事：深山中的红柳娃，一匹踏雪无痕的马，大群的野马、野羊、野骆驼……作者纪晓岚，清代大学士，主持编纂了《四库全书》，1768年被发配到新疆乌鲁木齐……这些，我闻所未闻，甚觉新鲜。催晋豫说个故事，她没推辞，讲了个"睡中光芒当几许"的故事。

话说有个老学究与其亡友夜行同路。至一破屋,鬼便说那是"文士庐"。为何?鬼说:那人最会读书,"胸中所读之书,字字皆吐光芒,自百窍而出,其状缥缈缤纷,烂如锦绣。"屋虽破,但室内光芒高七八尺,一望便知。学究问:"我读书一生,睡中光芒当几许?"鬼还真打量过,学究饱读诗书,胸中有高头讲章一部,墨卷五六百篇,经文七八十篇,策略三四十篇,可是呢?如何?鬼如实相告:"字字化为黑烟,笼罩屋上。"既是黑烟,哪见光芒?学究一听,气得跳脚,鬼大笑而去。

戏谑的故事,大有深意,道出了读书该有的境界:多读,还要会读。书里乾坤大,人生百年有几。孔子说朝闻道,夕死可矣。纪晓岚天资聪颖,却力学不倦,"所坐之处,典籍环绕如獭祭",否则,学问怎成?没几天,我便去了图书馆,找来了故事全文,一读再读,一品再品。人生何处不阅微,读书何能不阅微?

《阅微》手抄小报,全新上线,所录均为同学习作。前几日与莲子一同回忆大学往事,她发来三张图片,是她手抄的三页散文。蓝色的钢笔字,雅致清新,被岁月洗过,却更显纯净。我读过一段,又读了一段,如逢老友。那是你发在《阅微》的散文呀,她告诉我。我久久无语,感动莫名,似闻到中文系红楼前那片小树林的甜润。俱往矣,当时只道是寻常……又说起罗曼·罗兰的《约翰·克里斯多夫》,读此恢宏巨著,我们同被震撼。她背出开头，发来语音。我静静地听，恍然间，发黄的书页浮现眼前，铿锵的字节，隐约的金鼓；浮云散尽、月照花林……

到底仰慕纪晓岚，便约了两位同学去西公园，拜谒阅微草堂。不过是一排长廊平房，朴素黯淡，极不起眼。公园一角的大喇叭在招揽生意——人蛇展览。犹豫几番，便离开了。工作后多次逛西公园，感觉它环境越加幽美，文化承载功能更加显豁。2008年岚园建成，雅韵古意，彰显敬仰。在碑廊转一圈，可阅《乌鲁木齐杂诗》一百六十首，一窥两百年前乌鲁木齐的市井人声。曾经"万家烟火暖云蒸，销尽天山太古冰"，曾经"到处歌楼到处花，塞垣此地擅繁华"，曾经"桃花马上舞惊鸾，赵女身轻万目看"……乌鲁木齐，在诗句中频频回眸，生动鲜活。

一座城市，两部书，心血堆出的识见，文人自觉的立言。还好有纪晓岚，为一座城市的变迁保存了一段珍贵的历史、文化记忆，令我们有了一个窗口，翻阅一座城的春秋，遥想曾经"耕凿弦诵之乡，歌舞游冶之地"有趣、灿烂的灵魂。

站在二十一世纪的今天，我们拥抱着一个多彩的乌鲁木齐。它用热情抵御荒凉，用开放拥抱四方。它不慌不忙，骄阳看雪；不急于暴富，不剑走偏锋。它，就是它，活得乐观而清爽，自信而从容。

一场盛大梦幻的灯光秀，河滩路上璀璨逶迤的灯河，鳞次栉比的高楼大厦……我感受过，得到抚慰和治愈，更沐浴欢喜。很多事情都在变，我也在变，不变的是阅读的习惯。假期与周末，一壶茶，一窗阳光，沙发上一靠，常读到"恣"的状态：不羁的马奔驰在辽阔的旷野，蹄染黄花绿草之香；飞翔的白云滑过无垠的苍穹，和流星撞个满怀……亦坚持写日记，探索内在，丰富自我。樱桃红芭蕉绿，我已在乌鲁木齐生活了三十年。阅微经年，细细思忖，总觉得，人生小确幸，便是常常感到有快乐破窗而来。

山川无限，人物风流。我们脚下的土地，有精彩的过去，亦有盛世繁荣的当下。无数心怀梦想、创造美好的人合力经营，就有了流光溢彩的乌鲁木齐。

而我，亦在丛中笑。

东山之下

读到李白"不向东山久，蔷薇几度花"的诗句，思绪瞬间如脱笼之鹄，穿过几十年岁月沧桑，穿过天山山脉中段无数的冈峦山谷，向一个叫做东山立井的地方飞去。

东山立井曾经是阜康市南部山区里的一个普通的小煤矿。这里有三十几户人家，男人下井挖煤，女人井上装煤车，家家三四个孩子，住着依山而建的平房。小学校只有两个老师，带三个年级的课。拉煤司机的老婆说这里是鸟不拉屎的地方。但她不知道，除了煤场那无可救药的黑色之外，东山立井有一到春天就开满了蒲公英的黄色山坡，有到夏天一望无际的大草滩，有连绵远去的麦田、土豆地和如锦似画的红花地，更有一眼清冽甘甜、玲珑安详的泉。

有人说，你应该将小时候的艰苦写出来，这样才能显示出今昔的巨大变化。可我觉得，成年心境永远别试图修改童年心境。那时我真实的感觉是，搬到东山立井，是我家幸福生活的开始，一切都越变越好。不管当时的物质生活多么贫乏，只要日子在变好，未来就充满了希望。

　　我家从昏暗的窑洞搬进了五十多平方米的大房子，外带一间可以堆放杂物，摆放咸菜坛子的小房子。白天，太阳光从天窗和两面墙窗洒进，照亮了家里的角角落落。晚上一摸黑，单位就开始供电，30瓦的白炽灯使夜晚明亮而磊落。住副矿时，家里点煤油灯，光亮如豆。我胆小怕黑，不敢往暗处瞧，尤其是在听完妈妈跟邻居阿姨讲鬼故事后。有了电灯，我家四个孩子玩藏猫猫游戏，都敢跑到黑黑的小房子里躲起来，因为躲不了多大一会儿，大房子的门就会被打开，灯光照亮的一刻，躲着的那个便会笑着跑到亮处举手投降。

　　住房条件好了，母亲和父亲决定打一套家具。父亲坐拉煤车去了阜康，请来了一个年轻的木工师傅。"是湖北老乡哦！"父亲得意地宣布了他选择上的英明。木工师傅话不多，他吃住在我家，用了一个月时间打造出了一套家具。大衣柜、五斗橱、写字台、橱柜、两张大床、八仙桌、八张方凳、六张小方凳、一张小方桌，全部都漆成温暖漂亮的橘黄色。每个拉手都精雕细琢，鹰展翅飞翔的造型十分好看。我父母对木工活很满意。我曾在邻居大姑娘的怂恿下，让她用火钳给我烫刘海。我乖乖地坐在木凳上，不在意头发上冒出的青烟，飘出的煳味，目光长久地流连在她家湖蓝色的大衣柜上。我家的新家具终止了我的羡慕，满足了我的渴望。在慢慢知道臭美的年龄，我父母给了我一面穿衣镜，它被嵌在大衣柜的门上。

　　徐老大家是东山立井第一家买黑白电视机的。一到晚上八点，他家就挤满了人。我因为跟徐老大打了一架，便不再去他家蹭电视了。小妹还照常去。有一天她搬着小板凳哭着回来了，说徐老三让她交两分钱，不交就不让看电视。母亲什么也没说，把小妹抱起来，给她擦掉了眼泪。母亲是一个要强的人，每当我们忧愁上脸，她总会提醒说，什么时候脸上都别挂出一副可怜相。

两个多月后，我家也有了一台熊猫牌黑白电视机。这时我才明白，母亲和小舅跑到副矿去挖煤，是为了赚钱买电视。我和大妹常去给他俩送饭，当时见他俩满脸满身煤黑的样子，并没有觉得奇怪，也根本不知道在一个因事故而被废弃的小煤井里挖煤有多危险。煤矿的孩子谁没有见过自己的父亲天天黑头黑脑进家门的样子呢？他俩靠着马灯照明，一镐一镐地刨下煤块，再一筐一筐地背出来。为了加快出煤速度，他们用上了雷管，差点出了事故。等攒够了买电视的钱，母亲立刻收手。"万一出事了，你们几个咋办？可怜你舅舅还那么年轻。"年岁渐长，每每回想起母亲和小舅偷偷挖煤的事情，心中就五味杂陈。

每到晚上八点，我家满屋子都是来看电视的邻居。我们从新闻联播一直看到雪花满屏。电视成了我们张望外面世界的眼睛，它是七十年代末东山乃至整个中国最令人兴奋的出现。东山立井随后有了第三台、第四台黑白电视机。渐渐地，那股稀罕劲儿消失了，但幸福感却沉淀在心底。

东山立井之所以令人难忘，是有原因的。在两座南北走向的大山之间，绵延着一片开阔而平坦的大草滩，大草滩上卧着一眼终年汩汩流淌的甘泉。大草滩和甘泉相依相映，美妙和谐。有了它们，东山立井的十分之一是蛮不讲理的煤黑，十分之九则是浪漫写意的田园诗情。而这十分之九，才是东山之下最迷人的篇章。

甘泉离我家大约有五六百米。从我家出发，走过几十米后转弯下到河坝，走过石头小桥，跨出河坝，就一下子置身于野花绿草的芳香和视野开阔的大草滩之中。红花地的边缘有一条小道，顺着它走到尽头，便会看见甘泉。甘泉被绿草野花簇拥包围，像是一个被呵护宠爱着的梦。两平方米大小的甘泉，深邃却清澈至极。泉眼处一股白色水流咕嘟咕嘟，粗壮有力。泉眼周围有几颗彩色石子，随水流而起伏，应和着水草柔软的招摇。甘泉的出水量很大，泉流在穿越了青色的大草滩后不知所踪，我和几个发小曾试着寻找它最终的去处，却被大草滩上各种野花迷住，忘记了最初的目的。

看到甘泉的第一眼，我便深深地爱上了它。喝一口甘泉水，便从此记忆深种，那清甜甘洌的滋味从此就成了味蕾的相思，纵然喝遍天下水，又如何？它的甘甜清洌是不打任何折扣的，无论谁喝过，都恨不能此生任其在唇齿间流连。

又或许，喝过河坝水的人，更容易对泉水充满情感，更容易了解甘泉的出现是一种自然的恩典。住在副矿时，一到开春或下大雨，河坝水就变得浑浊，无法直接饮用，挑回家的水常常得用明矾。冬天河坝结冰，还得用镐头刨冰取水，或将干净的冰块挑回家化冻。不过，倒有一眼小小的泉奉献了它的洁净和清凉。那是母亲打猪草时在一处河坝的石头缝中发现的。泉流很细，她费了好大的劲才用片石整理出一个脸盆大小的坑。之后她每两天挑一次，我拿着烧水壶跟着去。那坑太小，两瓢下去就见底了，只好慢慢等。后来，泉坑里竟然有了小虾，它们的出现化解了等待的枯燥。回去的山路有一公里，母亲挑着水走前面，扁担上下晃悠，画面优美。我跟在后面，一壶水左手倒右手，右手倒左手，越提越沉，暗自叫苦。后来我常和大妹到甘泉抬水，却并不感觉那是一项苦差。除了知道叫苦没用，还因为一半的路程有野花野草相伴，那是大草滩送给我们的礼物。

在夏天的风和阳光里，繁茂的花草铺张得无边无际，大草滩成了我们尽情撒欢的乐园。我笃信，阳光的颜色是开心的，阳光的味道也是开心的。一丛芨芨草摇曳着，三只黄蜜蜂嗡出大调和弦。在辽阔的清声美色里，我们坦然而天真地将童年交给了大草滩。野生苜蓿和野芹菜是可以吃的，但算不上什么美味，没有人愿意摘了拿回家去。马兰花的蓝紫色，是晃眼的，要不要将它拔下来种到家门口？能不能种活呢？吵嚷半天后，干脆你揪一朵，他揪一片，做了马兰花的仇人。雨后的大草滩，新鲜的地皮和蘑菇极速生长，又迅速干枯，动作稍慢，便会错过捡拾的最佳时机。我那迷恋于捉小虫的弟弟，终于捉到了一只翠绿的大刀螳螂，他举着它跑向我，一跑就跑了几十年，我的记忆都快老了，他还是黄毛小儿。发小丽丽真够野的，喜欢用嘴够泉水来喝，害得我们都很紧张，生怕她不断下探的动作失了控，一头栽进泉里去。当然，最惊险的事情，还是偷土豆时被老乡发现后追赶，我们几个老大四下逃散，留下一帮小的在后面哇哇大哭。但最后，我们会在甘泉旁边汇合，大家喝几口泉水定定神，就开始咒骂那个野蛮的老乡。

我见过大草滩的全景。在魏家泉住校时，我和三个发小每三周回一次家。翻过一座极其陡峭高险的山后，便站在了巨大壮美的画幅的边缘。房舍炊烟，绚烂的红花地，由南向北涌动的大草滩，尽收眼底，让人有想哭的冲动。明明是再相见，却好像正经历离愁。我们四个拼命地挤出口水安抚要冒火的喉咙，然后尖叫着，以风一样的速度奔向大草滩，奔向甘泉。

大草滩是一个能让人尽情撒欢释放天性的地方。玩累了，草地上一躺，后背沁凉舒服，与大地亲近得毫无挂碍。口渴了，跑到甘泉，喝个痛痛快快，甘甜清醇瞬间便沁透肺腑。对这天堂一般的所在，谁能不报以深深的眷恋和热爱呢？

在城市待得久了，常常会想起东山立井。此生尽情拥抱过那样一座山，那样一片大草滩，那样一眼泉，总归是件幸事。梭罗希望能带着一棵橡树长眠，我呢？不敢带着甘泉，就带着甘泉旁边一株不知名的紫色野花，足矣。

记忆的路口

从米东出发去天池玩，经过阜康时，我们不约而同地望向路的右边，想找到那个通往甘沟煤矿的路口。我们都以博格达峰作了参照物，但我们望的方向或许是对的，也可能完全是错的。车窗外，昔日濯濯童山变成了工业园区或正在被改造。当年尘土飞扬的土路早已换成了高等级公路。从前的阜康县城，从前的甘沟煤矿，不知何时在记忆中简化为路边简陋的卖生活日用品的小茅屋，毛驴拉在人群中的粪便，用一把黑豆子治好了腹痛的民间郎中，一泓被绿草宠爱的清亮甘洌的泉，满山正值花期的色彩缤纷的猪毛菜。

"不容易找到了，变化太大了。"已掉落了三颗大牙的父亲说。我知道几十年来，对这个叫做甘沟的地方念念不忘的，不光是我，还有我的父亲、母亲、弟弟、妹妹们。

我家从甘沟煤矿搬到米东区已近四十年。四十年，实在是不短的岁月，是足以创造奇迹，改天换地的岁月。甘沟煤矿早已关闭停产，曾经贫穷而粗布短褐的米泉县城、阜康县城正变得风度翩翩，现代而时尚，前途无量。尽管天空高远依旧，盐穗木、香藜、盐生草、盐爪爪、昆仑沙拐枣等植物以仿佛从未进化过的执着的样子远远地跟我们打着招呼，可是，从四十年前的记忆里，我们能抓住什么作为寻找那个路口的依凭呢？

有些路口注定会消失的。

还好，我们拥有记忆。尽管我们只能向前走，但回忆让我们明晰生之来处，让我们的心灵获得抚慰并充满力量。

四十年前一个春天的某日，一辆解放牌汽车将我们一家六口和简单的家什从团场送到了甘沟煤矿。那天是如何出发又如何下车，是如何搬进窑洞，是如何睡在大床上的，我已全无印象。第二天，我在母亲的喊声中睁开眼，盯着窑洞顶上的天窗发了一会儿愣后坐了起来。整个窑洞显得有些昏暗。陌生的布局一目了然：两张木板搭起的大床占据了窑洞的三分之一，门边是一面火墙和炉子，火墙与山墙隔出的空间刚好放案板和水缸，一个小木桌，几个小木板凳紧挨床头，脸盆啦，两个木箱一定是放床下面了……"快，起床吧，帮弟弟妹妹把衣服穿好。"年轻能干又美丽的母亲正在擀面条。只要她在，一切就很妥帖。

藏在山沟中的甘沟煤矿距离阜康县城十多公里，只有十来户人家，家家都有三四个孩子，每家的老大跟我年纪差不多。没几天，我便与所有的"老大"混熟了。到了该上学的年纪，煤矿却没有学校，我们只能成天在外面到处野。我们带着各自的弟弟妹妹，组成一只浩浩荡荡的队伍，大呼小叫，爬高上低。我们在屋后的山头挖老鸹蒜，到河坝里摘野西瓜，拔甘草根来嚼。最有趣的还是在河坝里捉小狗鱼。有一天，白家的老大将一条细溜溜的小狗鱼往嘴里一放，脖子一伸吞下肚去。他说吃小狗鱼能长个子，可以长得像张大个儿那么高，因为小狗鱼会把肚子里的脏东西全吃掉。王家老大和刘家老大一听也一人吞了一条小狗鱼。之后的整个夏天，他们仨都在吞小狗鱼。白老大当时还不到七岁，天知道他是从哪里听来的独门秘方。

可是，白老大的偶像，我们的好玩伴，又高又壮才二十四岁的挖煤工人张大个儿死了。

张大个儿是我家的邻居，比我家早搬来几天。结婚不到一年，整天乐呵呵的。他和他媳妇是甘沟最年轻的工人。我妈在河坝边开了一个大菜园子，摘来的豆角、辣子、茄子、西红柿会送给张大个儿两口子。做晚饭的时间一般比较充裕，有时我妈会特意炒一大锅辣子或者豆角，盛上两碗，一个碗里放上一个大馍，喊张大个儿两口子吃。张大个儿嘴甜很放得开，大大方方地端过碗，说香味早都钻到脑子里去了。他往我家门口堆放着的长木头上一坐，就开吃了。吃完了再到锅里舀，一点儿也不见外。他的媳妇比较害羞内向，静静地贴坐在他身边，一口菜一口馍，细吞慢咽。

张大个儿是个投桃报李的人，碰到我妈去河坝里挑水，说啥都要抢过扁担帮我家挑水。我家四个孩子，白天在山上煤场、河坝到处野，弄得一身土一身泥的，到了晚上又洗又换，要用掉好几盆水。张大个儿有时就跑家里来看水缸里的情况，如果水缸水不多，他就立刻拿起扁担和水桶，到河坝去担水了。

他像一块磁铁，吸引着甘沟煤矿大大小小的孩子们。吃过晚饭后大人们都坐在家门口聊天。张大个儿的身边总是堆着一群孩子。小子们喜欢猴在他身上，跟他嬉笑逗弄，又抱又挠，他对这种亲热的纠缠来之不拒。白老大最喜欢猴在他身上。

张大个儿和所有孩子都合得来，我们多么希望他当我们的老师啊。

张大个儿死于一次矿井事故。瓦斯爆炸发生在夜班，张大个儿上的是白班。领导喊救人的时候，张大个儿冲在了最前面。他把一个昏倒的工人扛出了井口，执意要再下井去救人，下去后就再也没上来。听到爸爸跟妈妈小声说这件事情的时候已是早晨了。等我跑到井口的时候，张大个儿正被几个工人从井口抬出来。他们把他放在地上，他的双臂向上伸着，好像还在抱着什么。在被抬上来的几具遗体中，他的脸是最干净的，能看到皮肤的本色。

这是我第一次眼见死亡，但我并不害怕。张大个儿头七那天，几个妈妈们说小张晚上回来了，因为屋顶上的狗叫得很厉害。我把这个说法讲给白老大他们听的时候，白老大突然哇哇大哭起来，我们也都跟着哇哇大哭起来。

新老师到来的消息，是周老大站在河坝上，拼了命似地吼出来的。我丢下弟妹，怀着狂喜从河坝里飞出，一口气儿跑到了办公室。办公室设在煤矿唯一的一排平房里，和教室紧挨着。在新老师到达之前，我们曾经无数次地趴在这两间平房的窗户上往里看。办公室里有一张桌子，一张凳子。教室里的桌凳是新的，由长木条搭出来，透着木香。

一个长相英俊的小伙子正站在门内，我的眼神和他的眼神撞在一起。哦，老师！他的眼神很温和，整个人光芒万丈。那一天的记忆在见到老师的这一刻戛然而止，后面我是怎么跑开的，其他小伙伴都来了没有，老师跟我说话了没有，全都像被抹去了一样，不留半点印象。唯有老师安静立于门内的画面定格于脑海，历久弥新。为什么会这样呢？我找不出答案。

后来每每想起这一幕，都忍俊不禁，当时的我该有多愣多傻啊。脚趾有露在鞋子外面吗？衣服上的补丁有几种颜色？对了，脸上手上，是不是还沾着河水或是泥巴？那个跑得气喘吁吁的野丫头，是不是吓着老师了呢？

没错，从七岁到八岁半的一年半时间里，我想上学，想得都快疯了。可甘沟煤矿没有学校。每天晚上关于上学的想象渐渐将我送进梦乡，白天带着弟妹们到处玩的时候，我的心里会突然间填满忧愁和焦虑。

父母联合其他家长向单位打报告申请建校。这让我有了盼头，临睡前的幻想也多了底气。上过高中的父亲开始教我认字写字。有一天，他搭拉煤车去了阜康，给我买回了几本小画书，它们成了我的宝。我看小画书的劲头用如饥似渴来形容也毫不为过。没多久，我便认完了上面所有的字，然后开始添油加醋地丰富着画书里的情节，把名字好听的女子当成自己，在故事里行走。这是我一个人的游戏，很秘密，我乐此不疲。

他——我的启蒙老师，刚刚高中毕业不久，听从团部的安排来到偏远的山沟，将我们这些渴望上学的孩子从焦急的等待和忧愁中打捞出来。他的到来，几乎是神圣的。因为我们已经等得太久，野得太久，急需一方课桌，一支笔，一本书来安顿心中燃烧着的对知识的渴望。

冬天的夜晚，我趴在饭桌上写作业，妈妈坐在旁边纳鞋底，她时不时地把浸在油中的捻子拨一下。我不知道昏暗里的弟妹们在做什么，我只记得与妈妈分享那微弱闪烁的光亮的情景。

在当初所有关于上学的记忆里，并没有冬夜里简陋的油灯，也没有一场大雨后稀软的不得不下脚的泥路，没有将周老大打出了鼻血后心中升起的害怕，没有离家二十里住校的孤单和想家的眼泪……

记忆喜欢删繁就简，却并不影响人生这出长剧的起承转合。有一天我豁然开朗，那个难忘的镜头是有批注的：不管有多少困难在现实里发生，上学都是一件无比美好的事情。

棉花地小记

一

十一大假的第二天，接到大妹的求援电话，她要我火速赶往蔡家湖，帮她摘棉花。听说我还带着儿子，老妈在电话那边哈哈大笑："你们俩会摘棉花？添乱吧？"在她眼里，我俩就是个不辨菽麦的书呆子。

五个小时后，我们在新市区站下车。脚一沾地，我就笑了。柏油路依然是二十多年前的宽度，略显破旧。路的两边，低矮的植物灰头土脸。冲天笔直的杨树，叶子多半已焦黄。路的斜对面，一溜儿芦苇，半截在夕阳里轻摇，半截留在油脂厂高大院墙的阴影里。

二十多年前，我由这条柏油路走进蔡家湖，在团部上完了初中和高中，又从这条柏油路离开蔡家湖，到乌鲁木齐上学。离开之后的二十多年，我从未动念重返团部探望。可是，即便我离开团部一去不回，团部却依然稳妥地庇荫着我那六年的记忆。此次匆忙而来，落脚四顾，犹似做梦。举目团部所在方向，视线被高大的白杨、粗壮的老榆树所阻隔。

不一会儿，大妹骑着摩托车风一般地驶向我们，白头巾在她脑后招展，像一面旗。她的样子很是英武。

二

早晨被窗外麻雀稠密而兴奋的叫声吵醒。

吃完早饭，儿子和我快速地全副武装。妹夫喂完猪，推门进来，瞅了一眼便嘿嘿笑起来。"我还以为坐着两个日本小鬼子哩。"儿子冲他挥了挥手。

出发时经过院子，关在笼子里的大黄狗赛虎又开始汪个不停，不理会大妹的喝止声。倚在院墙边的白狗，从一坨肉骨上转过头来，神情乖顺而淡漠。

"早上小猪又死了一只，这一窝快死光了。唉，真伤心死我了。"原来那坨白肉是死去的小猪。我拍了拍大妹，想安慰她，却不知该说什么。

大妹发动了摩托车，待我坐好，摩托车便蹿了出去。我双手紧攥着后座上的扶手，听到风在她头巾上飞掠而过的扑啦啦的声音。路的两边都是棉花地，有的已经摘完，有的地里已站着几十个摘花工。大妹偶尔按一下铃，与对面飞过的摩托车互相打招呼。

十几分钟后，到了大妹家的棉花地。我站在地头，望着无数次从大妹嘴里听到的三十亩地，没多大：这头可以望见那头，左边可以望见右边。早晨薄薄的阳光洒在密如繁星的棉花壳上，几棵粗壮的老树、一圈儿芦苇，在秋风里站成油画。

妹夫把儿子送到地里后，骑着摩托车就走了。他打听到一个私人棉花收购点，价格比轧花厂好，能见现钱。趁着地里有人手，正好过去看看。大妹说将这些天摘的棉花卖掉，莫愁的学费和买猪饲料的钱就有了着落。

大妹把一包大塑料袋分开。塑料袋口处都扎着布绳子，她把绳子往我腰上系好。"见白就摘。"

我把腰间的塑料袋抖开，蹲下来，开始摘棉花。爆壳大的棉花好摘。白绒绒的棉絮，双指一揪，就全出来了。那纯天然的白，瞧着令人有些感动。往年儿子的棉衣棉裤里铺的棉花，就是大妹一朵一朵摘出来的。

对于像我和儿子这样的新手而言，难的不是摘棉，难的是速度。十分钟后，大妹发话了："不用摘得那样干净，有些碎叶粘在上面很正常。轧花厂说什么都会给你扣公斤数的。"我双眼一瞄，只见大妹双手并用，摘得利索。毫不在意碎叶片子粘在雪白的棉花上，哪像我小心仔细得如在绣花。

我学着大妹开始双手并用，无视棉花上粘着的碎叶，速度果然上来了。蹲着，弯着，坐着，各种姿势换着来。半天下来，并不觉得累，俨然一个摘花老手了。

儿子摘棉花的表情很专注，轻皱着眉，薄薄的嘴唇微张着。我忍不住偷偷一乐。直到棉花摘完的那一天，他还只会用一只手摘棉花。

大妹笑着说："小孩子摘得干净，就用他摘的棉花弹网套，你们带回去。"

三

妹夫送来了午饭：三份凉皮，两个烤馕，几根烤香肠，几瓶矿泉水。"还不错。只要有烤香肠，这顿饭就上档次了。"儿子的话逗得妹夫嘿嘿直笑。

吃完了饭，我和大妹立即投入战斗。儿子捡了根芦苇，顺着地边晃到了离我们很远的地方。我不知道他在想什么。他也不知道，我一直在看他。

到地头放袋子时，目光落在眼前的一根芦苇上。从逆光的这一面看，芦苇显得很通透，中间部分三颗牙印，排列清晰。

我把儿子叫来，让他看苇叶上的咬痕。

"这是怎么回事儿呢？每片苇叶上都有啊。"

儿子并没有在这三颗牙印上倾注注意力，他没有探寻缘由，感叹完毕便走开去，跨上了停在树下的摩托车。他不知道他老妈心底正藏着一个能给他答案的传说。

看来，从前卖弄这个传说的小小得意，也只属于从前了。或许有些隶属于岁月的快乐永远难以分享，就如地头几株粗壮的沙枣树，只草草一眼，我心中轻渺的记忆便被唤醒。但记忆里摘食沙枣的快乐，只能是我的，他有网络游戏和漫画。

四

莫愁从火车站赶回家时已经是中午一点，简单吃了点东西，就被大妹用摩托车带到棉花地，整个棉花地都为此欢悦起来。

莫愁性格活泼，声音悦耳动听。她母女俩你一言我一语地说着话，我听着觉得温暖。

"妈妈，我就要毕业啦。你的好日子马上就到了！"莫愁对前途充满了信心。是啊，一切都会好起来的。

"莫愁，等会儿见到你爸，你要主动说话，他毕竟是你爸爸。""我不知道该怎么跟他说话，我不说。"莫愁倔着。妹夫一直觉得莫愁上大学没有用。一个多月前，爷儿俩又为此吵了一架，到现在谁也不理谁。

"过刚容易破碎，过柔终是懦夫。唯有刚柔相济才能长久。"时不时插上一嘴的儿子，又甩出一个金句，逗得我们哈哈大笑。

临近黄昏，两辆摩托车，一辆面包车带着巨大的突突声，拖着半米多高的灰尘，由远而近。"是我爸。"莫愁边说边站起来。妹夫带着他的朋友来接我们。莫愁乖巧地大声跟他们打过招呼。对着妹夫叫了一声"爸"，妹夫黝黑的脸上铺满了腼腆而满足的笑容。

莫愁没有用"过刚"的态度对待她爸，父女俩和解让大妹很高兴。

吃过晚饭后，妹夫骑摩托车带着莫愁去取给我弹的四床新网套。我跟着大妹进了猪圈，门一开，大猪小猪的叫声便冲进耳膜。我跟着大妹往里走。产床上的母猪卧着，看起来有些虚弱。"你看那里，"我顺着大妹的手指望过去，看到猪栏最里面缩着一坨白白的东西，"又一只小猪死了。"我心里涌起莫名的凉意。

"这一窝12只小猪，还剩几只?"

"还有5只。"

这猪圈是养400头猪的规模，如今存栏不到100头。今年市场价格不好，小猪这样一只一只地死下去，这不铁定赔了吗?

猪圈里味道大，大妹不让我多待。回到屋里，我拿出手机，搜出如何照顾产后母猪的内容。我给她念了一大堆注意事项，终觉纸上谈兵。

"他就是不想办法，动不动就出去帮别人干活。别人帮了他一分，他要还人家十分，自己家的猪都成这样子了，还丢在一边不管。"妹夫为人实在，身子板精瘦，还有胃病，却常常"浅升借米满升还"，为这事大妹可真没少跟他吵，而且还费尽心思地不断改变策略，软的硬的轮番来，但效果往往维持不了两天。

"别灰心，他不想办法，你想办法嘛。大不了，当一个女汉子嘛。"我笑着说。大妹撇了一下嘴。

五

棉花地里，默默摘棉花的时候，我将上学六年的记忆悄悄地梳理了一遍。手抄报、篮球赛、不及格的数学卷子、小鹿纯子发型、台湾校园歌曲、汪国真、琼瑶小说、高高的秋千架、教室前花坛里黄色和红色的美人蕉，还有被视为"死党"或者"仇人"

的女孩子们……往事种种，皆分明于心。

离开前，大妹问我要不要去团部看看，我摇了摇头。我与团部近在咫尺，它却依然在我逼仄的想象之外。遗憾吗？不。到底我已来过，且怀抱着一份全新的记忆和感受。就让我在心里向它问一声好吧。

别了，棉花地。别了，蔡家湖。

青春里的担担面

"每百克辣椒维生素 C 含量高达 198 毫克，居蔬菜之首位。"我将百度来的这句话大声读出来，儿子不以为然地看了我一眼，又埋头吃菜。小儿不喜吃辣，不管荤菜素菜，最后被他剩下的都是辣椒。

想我年轻时，那是多能吃辣。和辣味相投的闺蜜常常一辣方休，生生两个"辣妹子"。李氏饭馆的担担面真是好吃，油泼辣子也超好吃，一瓶油泼辣子常被我俩挖得底朝天。儿子咋就没继承娘的勇猛呢？

好像吃辣吃得欢实，吃得终生难忘，就是从吃担担面开始的。

有一次等班车，碰到无聊男人搭讪和纠缠。性子软，不好意思大声呵斥，班车又死等不来，只好离开躲到马路对面。这一躲就躲进了李氏饭馆。

二十世纪九十年代初，李氏饭馆装饰难得铺张，一切都还太朴素。现在的李氏饭馆是乌鲁木齐的老字号，面积扩大了两倍，门头简约又素气，内部装修还是很一般，只有十来个红灯笼吊在天花板上撑面子。三十年了，李氏饭馆守在医学院饮食街铺面的最南端，依旧是那个低调不喜脂粉却整洁利落的乡间婆娘，全部心思都用在热乎乎的锅台上，源源不断地端出美味，日复一日，年复一年。

我把李氏担担面馆当作避风港，靠窗户坐下，要了此生第一碗担担面。五毛钱。怕班车突然过来，我吃得比较快。事后回味，担担面又好看又好吃。

老板娘大高个儿，三十来岁，面善、大气，一口川音透着暖暖的辣香味儿，"幺妹，慢点用哈。"

人对场景的记忆更多依赖于细节，细节有了，那一天就永远鲜明。这一声热情的招呼，对老板娘李长华来说，或许是生意之道，但对当时的我却是一种莫名的援助。我后来对四川人特别有好感，大概也与她有关。

第二碗、第三碗、第四碗担担面，都是跟我闺蜜来吃的。她也彻底上了瘾。绝对是第一碗担担面开发了我们吃辣的潜能，面香、汤香，再混合上辣子香，怎样？白色玻璃瓶里，油泼辣子的香味实在张扬，引人垂涎。我们挖一勺再挖一勺，拌进面里，扭头看女店员的反应，人家送来微微一笑，并无不快。现在想来，那色与味都过于浓烈了，但当时却只觉得过瘾。青春的胃口，大概是受够了食堂大锅菜日复一日的寡淡和平庸，才醉心于那新鲜燃烧的快感。

这毫无节制的辣之贪婪，像野火一样蔓延。我们在宿舍有过吃朝天椒的比赛，辣得鼻涕眼泪横流，却快乐得冒烟。我们把自己多出的粮票换一袋方便面，把辣汤喝个精光。后来发现第二食堂每天下午卖辣子炒鸡块，欢喜非常，立刻和闺蜜合打一份来吃。裹了鸡肉肥鲜的辣香，实在尖锐，叫人欲罢不能。那长驱直入、炸烈的香辣，必须用馍馍再三抵挡，不然非给辣晕不可。一个馍不够吃，便三步并作两步跑到食堂再买回两个馍。后来我们干脆打两份辣子鸡块，四个馍，吃个过瘾，跟着辣子一起摇晃。两块五一份，有点小贵，但用一毛钱一袋的榨菜来平衡支出，也吃得起。

再往后，她挥洒出味觉上的超现实主义，打开一袋油炸大豆，往碗里丢几粒，再打开一袋五香花生，剥开几粒丢进碗里，眨巴着大眼说："它们跟辣子中和以后，会是什么味儿呢？"

"会不会太奢侈？四毛钱一袋，卖一袋赚五分钱，咱吃掉一袋，得卖掉八袋才能平账啊！"我帮她算账。

"吃了再说。"她豪气万千。

卖油炸大豆和五香花生，是她家的副业。两年后，她家成为万元户。1979年全国第一位万元户叫黄新文，巧的是，她也姓黄。刚开始卖这些小零嘴时，她还放不开，拉我陪着。每晚饭点过后，我们在楼道守半个小时，能卖几袋是几袋，用饭票、菜票、零钱买都行，不收粮票。后来我们学别人在楼道下面贴个小广告，很省事，每天都有不少女生来敲门，小生意做得蛮红火。如果她人不在，同宿舍的就帮着卖。

味道中和的结果是，辣香被冲淡了，变成了温和的辣，奇怪的香，让人分神，被不确定性搞得迟疑。很多事情证明，简单纯粹才是一种理想状态。但之后，我所吃的任何一家饭馆的辣子鸡块，都比不上新疆大学第二食堂的辣子鸡块，我始终没有找回当年让我着迷的那种辣味儿。

到底是辣子好吃呢，还是一起吃辣更香呢？

父母解释不了，会劝：吃辣子不要那么凶，辣了上门辣下门，何必找那个罪受？

科学解释吃辣子会带来辣椒素快感。难怪。

再后来，二十多年，断断续续的，只要到了医学院，必选李氏饭馆。因为店里还有超级好吃的怪味凉面，煮得熟烂细润、味香不腻的猪蹄，香香的小笼包……其实，食之欲深不可测。我三十好几才第一次吃到苦瓜，竟嚼出了苦香。我深信酸甜苦辣咸的生活，会打通知觉与爱的通道。一切食物都是恩赐，从物资匮乏年代走过来的人，似乎更懂得这一点。对于食物，我们的身体永远呈现开放式的接纳姿态。因此，我祈祷：永远有纯粹的美食可享，有纯正的烟火煨暖我们的生活。

而我们所体验到的美食，正是美食制作者愿意倾心提供并齐心协力维护的。前不久，我又去了李氏饭馆，要了一碗担担面、一盘猪蹄，跟几个师傅聊天，坐了四个小时。其间食客爆满。我看到的、听到的都告诉我，很多成功的创业者，都不是只凭一味"辣"长久立足的。每一种令人放心享用的美食背后，都有一些与诚恳、良心、智慧有关的故事。

李长华，四川人，十六岁来新疆打工，后嫁制药厂工人。喜欢做饭，爱琢磨吃的，聪颖能干，很有经商头脑。改革开放，搞活经济，她立刻开店做餐饮，起初卖包子馄饨，后来置办门面，扩大经营，卖担担面，卖各种家常菜。为求美味，她专门回四川学习炒菜及面食的做法，常到各地尝小吃，尝别家的特色菜。李氏担担面的味道，已有别于正宗的四川担担面，她调整了调味品的比例，使担担面更适合新疆人的口味。事实证明了她的成功。

老员工不无遗憾地对我说，现在的地方小，还有一些好吃的没卖出来。大娘心里有一大本菜谱呢。

女人创业之辛苦自不待言。1980年刚起步时，常有地痞流氓来吃霸王餐。一次忍了，第二次她就爆发了。吃累可以，吃辛苦可以，吃窝囊气不可以，忍受勒索，更不可以。李长华个子一米七，走路如风，极能吃苦，干活泼辣，半扇猪扛起来就走，是个为人仗义，说一不二，一诺千金的辣妹子。碰到地痞流氓怎么办？你横，她就敢拼命。有一次，她提起板凳砸向流氓，流氓被她的气势吓住了，被打跑之后再也不敢到她这里白吃闹事。李长华打出了名气，一条街都对她佩服有加。据说她有点武功，是专为防身用的。

这样的故事，让我瞬间想起第一次进店的原因，脑海里立刻上演了一幕戏：年轻的我身怀武功，一脚将流氓踢得在地上打滚，怕我再下脚，他挣扎着起来，面露畏惧落荒而去。

一碗担担面，来得容易否？原来我们的青春是这样交集的，当你在尽享美味，且在回味里感到单纯的快乐时，有人用自己的青春，为你、为这座城市煮了一碗又一碗担担面，点亮人间烟火，炮制温情暖意。

遇上两位从北京回疆参加高中毕业三十周年同学聚会的同学，聚会结束，两人特意相约李氏饭馆。她们点了一份怪味凉面、两碗馄饨、一份担担面、一笼薄皮包子。一个女同学笑着对我解释："家乡的饭太好吃，什么都想来一点。"

这老字号的川味小吃，解游子乡愁。满堂的川味吆喝，听来特别亲切。好像什么都变了，又好像什么都没变。

她诧异，二十多年前的女服务员，依然还在店里忙碌。

她见老了，她也见老了。

一个定居北京，偶尔回疆；一个定居乌鲁木齐，轮到十五天休假就回一趟四川。

何谓他乡，何谓故乡，还需要分得那么清吗？

我看她们吃光了所有，我听她说恍然如梦。

我们萍水相逢，却交谈甚欢，如老友相见。这本身也很奇妙。人和人之间凭借食物得以永远链接，我迷恋过的香辣，也曾被无数人记挂，正在被无数人装入记忆。一碗担担面，将香辣之味绵延为一段悠长的美好时光。

没有鲜衣怒马的少年与青春，但有一爿老店，贴心地端出一碗香辣的担担面，对我们来说，这世界就充满了善意与美好，大可说一句：人间值得。

面对一只烤鸭

在不停地向前走的同时，我们也不停地向后看。记忆里某个被牢牢抱住的细节，会让我们觉得生命有凭有据。比如，贯穿我三十年记忆的霍德烤鸭店，霍德烤鸭，还有李牧。

1994年，我老妈从月明楼出来，来到长江路街边林带，对以算命谋生的湖北老乡小彭说："小彭，今天生意好不好？我刚收到一年房租钱，请你去吃饭。"盲眼小彭说："李大姐，你也不要那么高兴。你这一辈子，钱嘛，就是'坛子里捉鳖'。"

小彭的意思是，鳖看着在坛子里，但想抓却抓不住。换算一下，就是有钱也只能看，花不着。

老妈信小彭，既然是这样糟心的下场，今天这个饭还非吃不可，钱不花就是一张纸，花掉了才叫钱。要吃，还得找个平时舍不得吃的东西来吃。吃什么好呢？四周一望，我老妈手往东面一指，去吃老北京烤鸭吧。

北京烤鸭店，就是后来乌鲁木齐首批老字号"霍德烤鸭店"的前身。当时它还没挪到新疆饭店一层门面。烤鸭师是专门从北京王府井全聚德烤鸭店请的，烤鸭店生意火爆，名气很大。尤其在长江路这一块儿，谁不知道呢？

老妈算是开了一回洋荤，幸福感竟然爆棚，说叨了很多年。世间万千，珍馐佳肴，能吃到的真不多。老百姓的日子，在踏实忍耐中大都波澜不惊，初吃一顿传承于北京的特色美食，那便是平湖起了涟漪，回味经久不散。这是美食的魅力，也是一只烤鸭的魅力，更是生活变好的证明。当然，这背后是经理李牧先生经营美食的诚恳。

至于"坛子里捉鳖"，预言成真，还真是气人。就在我妈吃过北京烤鸭没几天，我把钱拿走了一大半，交给一个女人给小妹办户口。意识到上当，钱已要不回来，说用于投资了。闷亏吃得窝囊。那时全民下海经商热潮已起，街边卖个茶叶蛋都能挣个红光满面。老妈忍着，盼着那个精明女人做啥啥成，大赚特赚。指望她早日还钱呢。

四年后，我吃到了同一个店里的正宗北京烤鸭。我妈吃出了属于她的记忆和回味，我吃出了属于我的记忆与感怀。

1998年，北京烤鸭店扩大经营，从街边三十来平方米的小店搬到新疆饭店一层，更名为"霍德烤鸭店"，新店装修气派，上档次。这一年的高中同学大聚会，定在此处。自高中毕业后即各奔天涯，失联多年的"花儿"们，依赖于传呼机、手机，一个串一个地重新建立了联系。某年某月某日某时某地某人精准落实后，大家各自从天涯回归，又千辛万苦地坐着班车，汇聚于乌鲁木齐的霍德烤鸭店。

看到了同学韩。她在店里前后张罗的样子，怎么看都像主人。我的直觉没错。在我老妈吃烤鸭的那一年，她在这家店里遇到了自己的姻缘，从此参与饭店经营。毕业后，我一直不知道她去了哪里。很长时间，我们处于失联状态。她留在我脑海的记忆，一直都是一幅画：她和另一个女孩胳膊支在课桌上，单手托腮，笑脸灿烂，无忧无虑的，像两朵明艳的向日葵。

我当即感到了一种人生际会的奇妙。聚会放在霍德烤鸭店，真是天经地义的一个好。

参加聚会的二十多个同学，粗看变化不大，细看各个有经历生活后的稳重，青涩已褪。一番推杯换盏，大家不再矜持，什么距离，什么隔膜，都抛了去。灯红酒绿，把酒言欢，又有佳肴助兴，可谓圆满。每一道美食上桌，都增添几分情绪的热度，随之而诞生的话题，引来阵阵响应。

中途，烤鸭被郑重地端上桌，服务员轻轻说一声慢用，满座奇怪得安静，犹如看美人出场。

鸭肉片排在洁白的瓷盘里，看起来丰腴鲜美，精致考究。据说从前吃烤鸭要求厨师将整只鸭子削出一百零八片，不多也不少。不过，那是对厨师刀功的要求。面对一只色香诱人的烤鸭，所有的掌故都退后，谁也别客气。烤鸭不可辜负，甜面酱、切成细丝儿的大葱，和着几块鸭肉，裹在薄饼里，一折一送，入嘴后轻嚼慢咽，细品滋味，实在是好吃。

这就是一只地道的北京烤鸭味道了。我对此深信不疑，当然更是在听了李牧的故事之后。

1998年，因为聚会，因为见证彼此；因为烤鸭，青春被长久地纪念。但又不仅于此。这一年，党的十五届三中全会召开。这一年，国企改革。这一年，六十二岁的李牧抓住时机，正式接管了新疆饭店汉餐厅，正式启用"霍德烤鸭店"这个名称，开始打造属于自己的品牌。

李牧于1949年参加新疆和平起义，是新疆保险公司的创始人之一。六十岁过上退休生活，每日在公园遛个弯，打个太极，用蘸水大笔在石板上写"滚滚长江东逝水"，甚为悠闲。但这种悠闲，很快被他视为生命的荒废。两个月后，他毅然转身，将目光投向商海。在李牧眼里，沐浴改革东风的乌鲁木齐遍地都是机会。如果能活到一百岁，六十岁正是创业的黄金年龄。老骥伏枥，壮心犹在。李牧的内心奔跑着一头初生的牛犊，磨难、沧桑的青年和中年已远去，唯来者可追。六十岁，与时俱进，重新出发！

那一年，我看到六十二岁的李牧疾步下楼的身影，惊鸿一瞥之余，暗自佩服他的勇气与魄力。真如苏东坡诗云：休将白发唱黄鸡。如今算来，他的创业之路，已经走了三十六年。

"霍德"两字，由新疆两个著名边境口岸的第一个字组合而成，却与"全聚德"形成了一个有趣的巧合。那个"德"字，在我看来，暗示着烤鸭这道经典美食既知来处，又接续创新，还明明白白地注解了李牧三十年的经营之道。

霍德的烤鸭由北京王府井烤鸭师傅传授技艺，沿用传统的挂炉烤法。鸭胚是北京饲养的填鸭，在京宰杀除毛后，再冷冻由专列运抵新疆。1999年，李牧先生的四子为拓展餐饮产业链，降低烤鸭成本，在乌鲁木齐米泉县创办了一个填鸭厂。本地生产的鸭子经过烤制，肉质、皮下脂肪、体重、坯型、色泽样样达标，甚至有些指标还优于北京填鸭。但有一样，无论如何无法让李牧满意：嚼吃表皮后，嘴里有渣。再三实验，都无法消除这一现象，李牧先生毅然决定停用儿子生产的鸭子。在品质面前，鸭厂的损失是次要的。2000年以后，全国各地出现了一种新派烤鸭方法。可降低鸭胚原料成本，但也失了传统烤鸭肉质细腻、鲜美的优点。餐饮部提议采用新派烤鸭技术，李牧先生说："霍德烤鸭企业只需做好传统，没有必要去做创新试验。"

以这样的个性和追求，烤制出来的鸭子味道怎么可能不隽永？我曾两次到北京王府井全聚德总店吃烤鸭，除了文化内涵与京味环境的独特，它没有给予我味蕾上的惊喜，因为惊喜早已给了霍德烤鸭。现在的霍德烤鸭，配料和北京烤鸭已完全不同，除了甜酱和葱丝儿，还多出了三种酸菜来中和烤鸭的丰腴口感，拥有更为结实饱满的口味，它成了乌鲁木齐人的味蕾宠爱。霍德烤鸭招牌已闪亮了三十多年，如今老客吃霍德烤鸭，吃的是一种情怀，一种历史，还有李牧的一份难能可贵的坚持。

董桥说：想起史湘云想吃一碗蟹肉汤面，想起李瓶儿想吃一碟鸭舌头，读兰姆的随笔想吃红乳猪，读毛姆的小说想吃鹅肝酱。

而我只要一想起烤鸭，就会立刻想起李牧先生，想象出我母亲手指烤鸭店的动作，想起我的第一次同学大聚会。

饮食既是文化的联想，更是联想的文化。一个人能因为想起几道美食，瞬间回到过去的某一刻，是幸福的。往浅里说，享受美食是每个人的天性追求；往深里说，美食无数是一个时代的繁华平安，会令我们的回忆活色生香。

我已悠悠迈向中年，这期间多少商店、超市、餐饮店崛起或倒闭，霍德烤鸭店却步伐稳健，成了乌鲁木齐的一家老字号，参与和见证了乌鲁木齐市的工商业发展，成为新疆地域特色及文化传统的表征与注脚。

电影《饥饿》的导演史蒂夫·麦奎因说：在没吃没喝的情况下，人们才有可能重新审视自己。那么，在饭馆林立、美食丰盛的今天，或者，面对一只刚出炉的香醇烤鸭，我们有可能重新审视自己吗？我不觉得这是一个矫情的发问。

李牧先生九十三岁那年，我去霍德烤鸭店拜访他。他顶着一头倔强的雪白头发，在店里忙碌：规划经营，把握方向，找员工谈心……他步伐稳健，思维清晰。他对宣传他个人的文字丝毫不感兴趣，但听我说烤鸭特别好吃后，却立刻引我为知己，不顾我推辞，给我签单，执意送了我两只。"一只你和家人吃，一只你和朋友吃。"他这么交代。

我将鸭肉蘸上特制面酱摊于薄饼上，再夹几丝大葱、腌黄瓜条，卷好，递给我母亲。她慢慢送入嘴中，慢慢嚼着，冲我点头："真好吃。比我第一次吃还好吃。"

李牧先生喜欢用笔写信，写好后再拍成照片，通过微信发给管理人员，同时也发给我，我这里已积存了上百张他的手写信照片。2020年春节因突发不明疫情（后来定名"新冠肺炎疫情"），饭店暂停营业。2月8日，他写来一封短信，特意告诉我他之所以将餐厅管理事务的手写信发我一份的目的：

> 一是我还活着,且生龙活虎,如日中天。
> 二是头脑清醒,智力未衰,思维敏捷。

三是初二停业,上百万宴席退了,五十万海鲜变质。上百人闲居待命,我一如既往,沉着应变,做好复业的一切准备。

停业期间,他并没有闲着,他买了十五本书在读。七本谈现代餐饮管理,八本谈健康养生。他说,人不能死于无知,准备做一个百岁企业法人。

岁月不居,却春来草自青。当我想起烤鸭的美味,我的思绪就立刻落在乌鲁木齐长江路,那条路从寒素到繁华,与一个老字号共同成长,见证彼此,它们都是一位老者在人生的下半场奋斗成功的凭据。

凉皮滋味

我们注定会为了舌尖上的流年，在某个瞬间，心野上忽明忽暗，流云飞动。年轻的脸，沧桑的眼，背后一道古旧的墙，一个蓝色的木版画，转场出一只白色的瓷盘，盘里隆起一座葳蕤的山丘。一声"好香"，我是烟火人间里的饕餮，爱极了一盘凉皮的滋味。不能辜负的人间，真的是食物替你做主。一盘凉皮的故事，过去时，进行时，你听我说。

一

上中学时，暑假回家，要先坐班车到乌鲁木齐，再转33路班车回家。一年里，二出二返。每次返校，总会赶早出发，想在乌鲁木齐多逛会儿。那条路上，有红旗路市场、人民广场、和平电影院、北门群艺馆，街头小吃扎堆聚集，地摊上各种新鲜玩意儿令人目不暇接。总是停了看，看了停，流连不已，迷陷于喧嚣市井声中。

那天，太阳上山，冰激凌有流泪，倒是第一口凉皮的滋味，像万花筒里的一颗钻，惊艳莫名。班车出发前半小时，拐进了百花村的一家小吃店，照例要馄饨。老板娘却说："天热，吃碗凉皮吧，四毛钱一份。"

见我疑惑，老板娘指指玻璃柜。米白凉皮，金黄凉面，一排盛调料的搪瓷碗。尝就尝呗，我选了色泽爽滑的凉皮。

刚坐下，店外的烤肉小哥拿着两串烤肉，在门口伸个头，眨着浓密睫毛的眼睛说："烤肉烤肉！几串？吃一串漂亮，吃两串更漂亮。"我犹豫了两秒，伸出两根手指。"好呐！"他还会拖长腔，真逗。

我心里算了一笔账，一毛钱烤羊肉串，可在书摊上看两个小时。

老板娘将凉皮端了上来，红油水汪，辣香扑鼻。拌开，入口，味蕾都笑了。像学校门口南方人卖的米糕，第一次吃，就爱上了。团场可没有这么好吃的东西。正细嚼慢咽，烤肉小哥兴冲冲进来放下一搪瓷盘。搪瓷盘上垫一张馕，馕上放着两串正滋滋冒油的烤肉。

这顿饭，又是凉皮，又是烤肉，都是第一次吃。滋味呢，一加二大于二。

正值豆蔻之年，胃口健旺。初识人间新滋味，只觉生活美好。

吃完走进红旗路市场，才觉惊讶，一二三四，好几个凉皮摊。见我张望，老板娘便热情地招呼我。我笑了一下，想着会有下次。

我十岁起便住校，一直吃大锅饭。我的味蕾不娇气，但也不粗放。它本能地记住并接纳了凉面和烤肉的味道，时不时就发出思念的信号。副食品木柜里的高粱饴、江米条香气四溢，到底只是零食，解馋而不管饱。一碗凉皮实实在在是一道主食，喂饱肠胃，体贴食欲。

吃的，用的，穿的，凡新出现的，都有拥趸。我们对美食，有着比其他物质更为热切而直接的接受。以凉皮摊为主的街头小吃成为一景，而后遍地开花。经营的所有家当就那么几样，一辆小推车，桌子一摆，长凳一搁，食客闻之即来，无需多等，吃完便走，图一方便，更图那口酸爽软滑的滋味。食客们或相识二三，或互不相识，同时同地，吃同一美食，接着地气儿，养着善意，不消十分钟，瘾过了，肚饱了，该干吗干吗去。

不停辗转于团场和山沟的小女生，眼里的首府是一个多彩时尚的世界。二十世纪八十年代，改革开放，春风浩荡，有更多新鲜的东西首先在这里出现。一碗凉皮，又何止仅仅是一碗凉皮。

我上大学之后，蔡家湖出现了第一家凉皮店。我则在乌鲁木齐，美美地吃李氏担担面、马记牛肉面、红山擀面皮、汉中米皮、杭州小笼包、卓记米粉、抓饭、烤包子、米线……

街头各种风味小吃，价格亲民，味道可口，各具特色，如星如棋，聚成温暖的人间烟火气。

等我大学毕业工作后，我大妹来我家，她说蔡家湖的凉皮最好吃。我相信她的话，正如我相信生命的热爱与眷恋。

四方食事，不过一碗人间烟火。吃凉皮的生活香而辣，由凉皮安慰过的青春，留下了幸福，没有荒废。

二

　　能随心所欲地吃凉皮，是二十世纪九十年代后的事情。那时，我已经在石化工作，经济独立。露天市场有二十多家小吃摊，卖三凉的有六七家，家家都能卖个底朝天。但最火爆的，是陕西米皮。整个石化，二万多居民，一个大市场，只有一家米皮摊，每天只卖二百碗，可想而知多抢手。

　　我也爱上了米皮。第一次吃后，是无数次。

　　卖米皮的是一对陕西夫妇。他们的摊位在路口，很显眼，通常中午出摊，刚好赶一波下班潮。很多人将自行车停在路边，便来排队，耐心等待。有人买两份，有人买四份。小摊前常围得一层又一层，一个多小时就卖光了。

　　有一次碰到他们刚出摊，女子正在抓米皮，男人在旁边帮忙，五六个食客等在旁边。米皮的白细软糯吸引了我，我便凑过去，看看是啥。

　　女子微微一笑，说："这是我们陕西老家的米皮，和凉皮不一样，你尝尝吧。"

　　一碗米皮两块钱，我要了两份，排队。

　　女子二十多岁，中等个，丹凤眼，扎两根辫子，清新朴实。脸上笑意淡淡，偶尔说句话，轻言软语。男子身材高大，国字脸，相貌端正，衬得女子小鸟依人。女子负责抓米皮，用白碗抓满后，倒进塑料袋，再放一把黄瓜丝和三块面筋，点一勺油泼辣子。男子负责装调料和打包，最后头一抬，递给顾客。夫妻俩话不多，手下都利索，配合默契。有食客来张望，女子就笑着招呼："要几份？"

她的油泼辣子色相极佳，凭我多年的经验，一定很香。告诉她多放辣子，她便放了一勺，又放一勺。两份提在手上，有些重量。

回家尝新，立刻爱上。这第一口米皮的滋味，让我欲罢不能。怎么会有这么好吃的米皮呢？除了冬天，他们要卖三个季节，有时一懒，我就买两份，提回家当午饭。

据说米皮是一百多年前由陕西传入新疆的。清光绪二年（1876年），为了平定阿古柏叛乱，收复失地伊犁，陕甘总督左宗棠率兵西征，大批陕、甘、青、宁籍官兵进入新疆，同时来的还有很多商贩。他们因地制宜，以优质冬小麦为原料，将米皮改造为面皮。

这夫妻俩从陕西来，让我们吃到了真正的米皮。米东本就是产米之地，原料自然不用发愁。做米皮其实很辛苦，夫妻俩睡觉前要先将米泡上，凌晨四点起床，打浆、烫浆、蒸制，一天蒸制二百张。

每次排队时，我目不转睛地打量夫妻俩，脑海里总响起一首歌：

> 阿哥阿妹的情意长,好像那流水日夜响;
> 流水也会有时尽,阿哥永远在我身旁。

我这人奇怪，只要味道好，就会盯着买。习惯是一种力量，也是一种懒惰。但让我"专一"的前提，是高品质。

如果他们不离开，在石化卖一辈子米皮，那我肯定会吃一辈子，可惜只吃了四年，他们突然就离开了。不知是回了老家，还是搬去了别处。

他们曾经摆摊的路口，偶尔会停一个水果摊。只有石化老居民，才记得二十世纪九十年代末，那里有过一个陕西米皮摊。

没有米皮可吃了，不光是我，整个石化居民，都没有米皮可吃了。

原来美食，是有人愿意付出辛劳和诚心，你才有可能吃到。

后来新市场出现一家汉中米皮，我买过一次，不是我喜欢的味道，没再吃第二次。

三

生活在继续，没有米皮吃，就吃凉皮。

大排档，十几家三凉店。走到中间档位，被一张明艳白皙的笑脸吸引。

年轻的小媳妇，波浪卷发扎成高马尾，明黄色的衬衣，蒜皮色直筒裤，蓝色的围裙。皮肤粉白，笑意盈盈，很是俏丽。

"吃凉皮？我这回头客特别多。"她笑得好看。

我迅速在一排调料碗中看到了辣子，还行。好辣子是灵魂，能做出好辣子，凉皮不会差。她说辣子特香，笃定又自信。我要了中辣，并满怀期待。她回到桌前，取出一张凉皮，铺于案板，刀声哨哨，好不利落。

端上凉皮后，她贴心地说："不够，我再给你加。"

满满一碗。堆得冒尖的凉皮上，一勺油泼辣子，画龙点睛。白芝麻、花生碎、黄瓜丝儿、面筋、香香的汤汁。我用筷子慢慢拌着凉皮，看它变得浓香富饶，山清水秀。

一口一口吃，一花一世界。只剩汤汁了，还有惊喜，整粒或者半块的花生碎，是垫后的精华，捞起细品，完美收场。

我成了她的常客。每次吃完，她就会问够不够，如果说不够，她立刻拿过碗，大方地添几根。她热情贴心，招呼打得亲热，就像姐妹。慢慢知道她叫张梅梅，家在甘肃。她哥哥先在石化落脚，说钱好挣，她专门学了凉皮手艺，再和老公到了石化，在五小队租了一套平房安顿下来。她的凉皮卖得快，越早收摊她越高兴，回家还要和面、洗面，早晨六点多起床，忙着蒸凉皮，三分钟蒸一片，再一片一片凉透。等她紧锣密鼓地做好所有准备，再用二十分钟骑车到市场，差不多就十二点了。

有一天，我去市场，发现张梅梅的摊位上站着另一个摊主。她去了哪里，没人告诉我。

2000年，市场整顿，街道美化，所有商户集中搬到三层楼的新市场。新市场功能更全面，商品种类多，又集中。菜摊、肉店、药店、鞋店、花店、灯具店、粮店及各类生活用品摊位都有。

又发现"老范凉皮"别具一格。老范是安徽人，四十多岁，说话慢条斯理，冬天在市场里面卖，夏天在市场外的广场上摆摊。广场上有好几家摊位，早晨比较火的是卖豆腐脑和烤包子的小摊，中午最火的就是老范的凉皮。他的种类很丰富，凉皮、凉面、米皮、红薯皮、牛筋面、擀面皮、凉粉全有。我每次要"四合一"：凉皮、米皮、红薯皮、牛筋面。他的摊位也大，五六张桌子，常常坐着人。曾有食客开玩笑，问老范是不是在凉皮里放了大烟壳子，叫人上瘾。老范嘿嘿一笑说："心诚才能做出好凉皮。"

老范说得没错，美食之美，在于色香味的完美融合，将三者融合在一起的，只能是一份诚心。老范靠卖凉皮买了楼房，从老家接来了父母，供儿子念完了大学，生意多年红火，便是诚心给予他的回报。

再看见张梅梅，已是六年后，我儿子都十岁了，也成了凉皮爱好者。新市场摊位紧俏，客流量大，她费了九牛二虎之力才谋了一块巴掌大的地方。摊前只能放一张桌子，三个塑料凳。桌子前坐着一个男孩，安静帅气，是她六岁的儿子。

我叫着她的名字，她看见我，绽开笑容说："你来了？"

她依旧漂亮，爱笑。忍不住问她消失六年的缘故。

原来，六年前，她老公得了癌症，她陪他看病，精心护理，老公熬了五年，去世了，花光了卖凉皮挣的钱，还欠了账。

那时已有了做凉皮的机器，有了凉皮批发，为了节省成本，她坚持自己洗面，自己蒸凉皮。

老顾客都走了，摊位又小，生意一般。她说。

我便不再去老范家。连我小妹和大妹都知道张梅梅，一来我家，就点张梅梅凉皮，一般我再买两个芝麻馍，泡在汤汁里吃，味道也挺绝。

2010年很奇怪，一股涨价风波及食物。馍由一块涨到了两块，拌面由八块涨到了十块。"豆你玩""蒜你狠""糖高宗""姜你军""油它去""苹什么"，这些让人啼笑皆非的词语，都是那年冒出来的。整个市场有六个凉皮摊，除了老范家，其他五家凉皮全都由五块涨到了六块。

张梅梅也涨了价。凉皮份量依然足，但"减"掉了花生碎和芝麻，味道就差了一些。两次后，我问她怎么回事。她说物价高，再放花生碎和芝麻，凉皮就不挣钱了。

我对她的解释不以为然，觉得她认知浅了。热烈的辣子香，离开了温馨的芝麻香和敦厚的花生香，到底显得单薄，三者合唱才更香醇灿烂啊。再说，花生米并不只起添香的作用，还负责一份吃趣儿，怎么说省就省呢？

这下，她更竞争不过老范了。不久，她把摊位搬到了新开的早市。两年后，凉皮加盟店兴起，各小区都有。老范离开了石化，去矿物局开了面粉加工厂。

2012年，我搬到了早市附近的新小区。周日买菜，常见到张梅梅。她的摊位靠近入口，生意不错。

再经过她的摊位，见她正用一个小铡刀切凉皮。小铡刀真稀罕，有股老传统的味道。一个退休老者正拿着手机拍她，说要发朋友圈，帮她宣传。我受了感染，说："来两份凉皮。"

"好久没见到你啦。"她声调愉悦，神态亲热。她的脸依然白，但雀斑点点，落了沧桑，却有着时光历练过的淡然。我们都不知不觉地老了。

我点点头。她动作麻利如初。

这几十年来，凉皮在新疆遍地开花，冠以地区之名的凉皮，被网友大加称赞。乌鲁木齐的百花村风味凉皮、李氏怪味凉面、羊毛工七彩凉皮都是我的最爱。我所在小区的凉皮加盟店，凉皮味道也不错。年纪越大，我的味蕾越挑剔，张梅梅的凉皮比得过人家吗？

回到家，我将凉皮倒入白瓷盘中，用汤汁调配好。我看到了花生碎和白芝麻。

一口一口，香如故，是原来的味道。

美食是经得起时间沉淀的，善良的心也是。张梅梅回来了。

想起多年前的那个下午，她端着一碗凉皮，心神明亮。

第三辑　时光的足音

七剑和顶冰花

顶冰花开的消息被我从朋友圈里拎出来,扔进了小群。美莹和小蕊相继冒泡,嚷着去看——寻春去!

去哪儿看?七剑天汇山庄,也称七剑天汇山庄影视城,位于米东区铁厂沟镇峡门子景区南侧的甘沟河谷地带。山庄名字缘于一部名为《七剑》的电影。2005年,香港著名导演、新武侠的开山之人徐克将梁羽生的武侠小说《七剑下天山》搬上荧幕,在长8公里,宽1公里,三面环山的山沟里搭景设台,修起了山寨、民居、黑灵殿、习武祠堂、酒楼、马厩、地下暗道……影视城名噪一时,许多游客慕名而来。

将车窗摇下一半,山风扭着腰身进来,亲昵地拂着面颊。

不到半小时,到达了七剑山庄影视城,车停在了游客接待中心外面。阳光和煦,山风微凉,穿着卫衣很舒适。早就知道影视城已彻底废弃,所以,当满眼荒败入眼,并不吃惊。一边是正在死去的建筑,一边是等待春风唤醒的一沟百年老榆树,而我们是来看顶冰花的。

在只剩一副骨架的凉棚旁边的野草丛中,顶冰花正在闪烁,它们梦影一般的黄，星星点点，连成一小片。但我没有挪步。眼前的建筑和影视城的前世今生绊住了我。

七剑台上的七把剑刺向天空，名曰：竞星、日月、天瀑、舍神、青干、游龙、莫问。刀光剑影，曾在谁手？电影的最后，七位携剑侠士纵马戈壁，向江湖而去——所谓"七剑下天山"。让所有新疆人，尤其是米东人激动的，正是"天山"两个字。眼下，有一只剑已是残剑，空余剑柄。

青春曾在金庸和梁羽生的武侠世界里激荡且如痴如醉：快意恩仇、西风烈马、古道逍遥、一骑绝尘、天山童姥……暗恋江湖一场，未洗江湖风尘，心中却总飘着一片江湖。当江湖散场，一别两宽，各自安好，道一句"相濡以沫，不如相忘于江湖"，那是何等的洒脱！即使怅惘，也美不可言。

正对大路的，是曾经的游客接待中心。台阶两侧各有一匹白马雕像；廊柱与头拱衔接处，立有浓眉大眼身形健硕的武士雕像；屋顶边缘的两端各踞一只梅花鹿；屋顶上竖着五个石塔；因为所知有限，实在说不出这个建筑是什么风格，据说是仿明清建筑。大厅的拱形门已被砖块层层堵死。曾经，大厅里悬挂着《七剑》导演的工作照和演员的大幅剧照，从此门进去，游人在买票时，尚能与照片上的眼神对视，风起云涌的江湖仿佛真在天山出现过。

被堵死的门，表情绝望。多少冷落，堆出最后的放弃？

山风微微，春阳不燥。一声叹息跌落心底。

小蕊连叹可惜，美莹挥舞着双手，声音激昂，开始大声"指点江山"：

"把这块空地铺上瓷砖，把棚子重新刷漆，吊上红灯笼，把这只断了的剑重新修好，掉皮掉漆的地方重新粉刷，房子重新修缮，搞成风情客栈，请几个网红来拍视频做宣传……"

她转过头看向我俩，寻找支持。我们望着她，无言。

徐克的"名人效应"应是无形资产。米东区曾打算将影视城作为文化旅游重点项目来打造，却终于荒废，个中原因，众说纷纭。但在十年前，山寨就遭到了各种人为的破坏，不得不封堵前门。我的朋友曾目睹过一次，至今说起仍很痛心。

那是个周天，朋友开车到山寨散心。一队徒步者，从山寨后面的深沟爬上来，扒开篱笆进入了山寨。这帮人见什么玩什么，玩什么毁什么：大炮被掀到山沟下面摔成了两截，灯盏、松明火把、牌位被拨拉到地上，粮仓里的谷风车被推倒，酒缸酒坛被砸碎，勒勒车上放的谷糠被划开埋住了半个车轱辘，木架中插着的各种武器被拿出来，甩得咣当乱响。女人笑得越厉害，男人比划得越来劲……朋友出声阻止，三个小伙子冲到他跟前，举起拳头。朋友拿出了记者证，领队一见急忙来平息事态。

也许吧，道具而已。一把火烧了"龙门客栈"又怎样，江湖传说，越来越不如现实鬼魅。但大自然却不发一言，那废弃房屋占据的位置，可能开过成片的顶冰花。

山谷静谧，老鸹的粗厉叫声从一棵榆树上传来。是啊，还有它，每日里给山献歌，给榆树和百草献歌，歌声虽然粗糙，焉知不是山谷所爱？很快，我从灰色、细密、缭乱的树枝间发现了它。只挪动了几步，它便飞去了另一棵树。它可能并非怕我，它是想让我看到它。只是一团影的飞翔，却令我觉得江山社稷属于它。它守卫着荒凉和繁华，比谁都虔诚。

如今，进得山间，听鸟唱歌，见鸟影划过，成了安逸的享受。当一只呱呱鸡从山腰间一堆岩石中鸣叫着飞出，我知道，它在告诉我它的存在。

建筑的破败，从来没有影响一棵树的生长和一朵顶冰花的如期开放，也从来没有让一只鸟停止歌唱。沉舟侧畔千帆过，病树前头万木春。破败是宿命，生长也是。

不如看看顶冰花。

顶冰花因顶冰而出而得名。春潮涌动，它应声而和，唱响了拔地而起的歌。它虽只有指甲盖般大小，却美丽、饱满、炫目，开得那么认真，叫人心疼。顶冰花全株有毒，有清心之效，始载于《新华本草纲要》，民间常用它治疗心脏病。你瞧，这么小的花，也蕴含着不凡。

春日的河坝边，一丛卧地的荨麻开始返青，顶出根根绿枝；石头边、枯枝旁、牛粪边，一朵朵黄色顶冰花眼神明媚，笑意嫣然。一只蝴蝶，翩跹而来。这比人类出现还要早两千两百万年的精灵，飘闪着翅膀，亲吻着顶冰花，从这一朵到那一朵。

村庄的眼睛

时间是何等模样，看看它，便知。

据说它超过五百岁，掐指一算，它来自明朝。它这一路，穿云破月，花开花落，至今平安蓬勃，一到夏天，便绿云漠漠，丝毫不见颓败，真令人称奇。

它被称为"天下第一榆"，树干直径达九米，主干上分出五个粗壮的枝杈，树冠汪洋恣肆。进入祈福广场的巨大门廊，从雕着羊角图案的地面走过，绕过一堵照壁墙，视野突然开阔，便可以望见它。

隔着三十米的距离，眼睛尚能装下古榆树，连同它背后的小树林、林地上的青草、草地上跃动的阳光。可一步步跨过石板小路，它舒展的枝条很快就溢出了视线。站在树下，顿觉自己又小又轻。它灰褐色树皮上的沟壑，令人联想到历史的漫长，风雨几百年，它何以得了大自在，枝繁叶茂如此？我用掌心摩挲着树皮，那上面层叠着几百年的星光月色，坚硬如石。它内里的山水比我们想象得更加深远、孤寂和广阔。

榆树一向泼辣，不惧贫瘠。若不是遇着好风水，又岂能一树茂盛，绵亘数百年？它肯定见过最纯净的天空，也见过最纯粹的蛮荒。岁月更迭，多少榆树变成了村民的大门、菜园边的栏杆、犁铧、拉拉车、爬犁。它，却成了村庄的眼睛，翻阅变迁，见证新生。

它出生的时候，这个叫做马家庄子的村庄还没有出生。

马家庄子村距离乌鲁木齐市区十八公里，隶属经济开发区（头屯河区）两河片区。它何时聚起人烟，打起土坯房，种玉米、种土豆，向土地讨口粮，无人说得清楚，但村民因缺水而整体迁离，却有大致年份可考。二十世纪八十年代，一拨坚持农耕传统的回族人走了，一拨秉承放牧传统的哈萨克族牧民来了。村庄终于没有消失，只是由回族村变成哈萨克族村，百分之九十八的村民都是哈萨克族，他们与维吾尔、回、乌孜别克族人一起，来之而不安，日子糟糕，要为生计发愁：放牧难、住房难、孩子上学难、吃水难……一直到2000年，马家庄子村成了乌鲁木齐县挂了名的空壳村、贫困村。

多少人为村庄的衰老而痛心，多少人为村庄的消失悲唱挽歌。老榆树不发一言，等待着村庄脱胎换骨。变化无穷的自然之声，流自天山脉管的冰川泉，被春阳点亮的一朵一朵蒲公英，从童灈到白头的山川，为一棵草低头的牛羊，陪着它一同等待。

2004年，一个叫叶尔不拉提·阿吾汗的年轻人，从学校一毕业，便回到了马家庄子村。他坐在老榆树下思索，村庄怎样才能像老榆树一样茂盛。站起来后，似得了老榆树真传，目光清澈又坚定，立下志向，向上生长，向下扎根。血是热的，汗是咸的，建设家乡的心是炽烈的，念过的书更变成了能耐。他当选为村委会主任，成为村民的主心骨，脱贫攻坚，不辱使命。村里修路，缺少资金，他拿出自己筹备婚礼的钱；为了给村集体创收，他带领另一名村委员开着拖拉机为别村犁地挣钱，"突突突"的声音，从地头响到地尾，汗水啪嗒啪嗒，从村东掉到了村西。一粒汗水，一角银毫子。村集体的账簿，终于落下了墨点。这年，马家庄子村集体收入首次突破零，创收十万元。年轻人有信念，他又在村里建设砂场，还出资助学培养出十五名大学生……风刮过会留下声响，水流过会留下河道。马家庄子村跑起来了，2007年，农牧民人均收入增速已排到乌鲁木齐县的前十名。

2013年起，精准脱贫工作组进村了，公交车通了，安居房盖起来了，行道树种起来了，各家院子种起了草，栽起了花，天然气通了，人居环境大变样，实现了"真脱贫"。硬化、绿化、亮化过的村庄，似着了锦绣，被县乡党委确立为"美丽宜居乡村建设示范村"之一。

2018年，马家庄子村的发展再上台阶。家家用上了壁挂炉，孩子们有了免费的校车，高高兴兴上学，开开心心回家。村里建起了文化广场，黑走马与麦西热普刚柔相济，冬不拉弹醉了老榆树。安居乐业的村民，唇边漾着幸福。马家庄子村，似乎正在复制古榆树的传奇。

人是有理想的，村庄也是有理想的。眼见着要衰败下去，却又生机勃勃，走出困境，实现了振兴。马家庄子村的故事耐人寻味。曾经如蒲公英种子般飘离的村民，如今又陆续回归，重新相聚在老榆树下。在外谋生，还是在家门口创业？充满希望的村庄给了他们回归的信心。

这棵老榆树，历经几百年，何以生机勃勃？我一遍一遍地绕着它转圈，想找到答案。它是一棵怀着美好信念的树，被人敬着、供着。红布条，簇新的，泛白的，无时不飘动着善愿，被风一遍遍阅读，吹向来人的脸。闲暇时，若能坐在树下，读书，看云或是听鸟，要么就数叶子，数也数不清，像数星星，该多惬意。

这棵古榆树被人赋予了一些神神秘秘的传说，有人说它由"羚羊神人"的拐杖幻化而成，有人说是仙人栽树。我不大相信，我只相信真实的故事。它的出生地，就是一片野生榆树林，身世清清白白，干干净净，这块土地给予它庇护，根本无需假借传说。有什么样的传说，会比真实的故事更动人呢？村民像爱护眼睛一样爱护着古榆树，就像精准扶贫政策为村庄输血、造血的故事一样，更能打动我。

我听说村里没通天然气时，取暖做饭都用煤和枯树枝。但老榆树的枯枝，没有一个人动。村民对老榆树有一份天然的敬畏。

我听说，2015年为了节水，村上的大部分土地都休耕了，因为担心老榆树缺水，村里的洒水车浇树浇花时，专门绕道给它浇水。

我听说，老榆树的根部有根管子，专门用来给它输送营养。老榆树越旺，生活越旺。这是村民的默契。敬榆树，爱榆树，就是爱自己，爱自己的村庄。

我听说，无论老人，还是年轻人，都对老榆树满怀感情。窝在老榆树上做梦，是大家的共同记忆。

有老榆树坐镇的村庄，就有飞翔的力量。做篇老榆树的文章，借点老榆树的祥瑞，村里开发了集生态保护、文化体验、休闲娱乐为一体的城郊特色休闲旅游项目。游人纷纷一睹百年老榆，自觉沾了福气，多么吉祥。

　　走过安静的村子，我在信用路停下。七十多岁的村民哈马力坐在路边的长椅上晒太阳。我跟他打招呼，他和善地对我微笑。他比比划划地指着临街的漂亮庭院，指着四通八达的柏油路。我明白，房屋、小街、宽敞的马路是一锨一锨干出来的。村庄就是这样翻了身，重获了尊严，变得神清气爽。牧民定居新生活，越过越舒心。哈马力用一连串的好来表达满足。他在老去，新生的村庄有了更多的能量去温暖他，护佑他。

　　一个哈萨克族妇女骑着摩托车拐上小街，小街立刻变得生动。我望着她远去的身影，视线被带到了卧在村边的高山上。高山之下，就是蹲伏在大地上蓄势待发的马家庄子村。那棵百年老榆树，在它宽宽的额眉上，比以往更加清亮。

向一场初雪交出自己

为了看第一场雪，我们进了山。

当我们穿过河谷，误上陡坡，进入森林，又原路折返，寻找到木栈道，仿佛有了安全保障，竟然有一丝丝庆幸。但很快，这丝庆幸就消失了。木栈道上铺了一层雪，稍不留神，就会滑倒。我们这个年龄，怕摔，成本太高了。

高度的警惕，令木栈道上的行走变得紧张而无趣。是图干净，还是图舒服？这一问，就破了心障。林间路那么平缓，为何要在木栈道上作茧自缚？都跳下了木栈道。

云杉的青枝背着白雪，嗅着雪香，心平气和。向上望去，天空被无数松树顶起，只露出一角灰，一片灰。从手机里看，林间颜色失了真，幽重清冷像黑白照片。置身真境，还是用眼睛看吧。视线重新回到云杉的青翠上，回到我新留的脚印上，回到接了落雪的黑土上。

我背着包，里面装着一把雨伞、一杯热水、一包餐巾纸、一管口红、一副茶色眼镜……没什么重量。郁老一根手杖，唐唐赤手空拳，连披肩都塞进了我的背包里。"适莽苍者，三餐而反，腹犹果然"，还要带什么呢？带着自己就可以了。这山中流动的雪、流动的风、流动的鸟鸣、流动的树影，都有一种一意孤行的美。它们使山变得丰富、柔软。它们传递出一些东西，大有深意，却难以言说。

一切都是有深意的。

与库山聊天没有深意吗？在蒙古包的炕桌上吃着烤肉、大盘鸡、热馕，喝着热奶茶时，六十六岁的库山推门进来。我注意到他双腿罗圈，走路时右腿有些拐，跟在后面的孙子一手握着一瓶汽水。库山说起自己的老寒腿，那是他年轻时为公社赶了十年马车落下的疾病。他出山进山，往返40多公里给村里运生活物资，骨缝里积了十年的寒气，就像森林里积存了万年的腐殖气息，散不掉了。但现在，他穿着最好的黑皮靴，口袋掏出的是中华烟，右手无名指戴着大金戒指。他的儿子吾尔肯经营着牧家乐，收入可观，属于玉西布早村的富户。库山五岁的孙子想喝汽水，动作老练地用牙撬开了汽水瓶的瓶盖，库山未加阻止。我看在眼里，很为孩子忧虑，牙根的报复迟早会来。库山有十个孙子，不知道他们是不是都缺一个启瓶器。

这雪下得没有深意吗？它破空而来，无处不在，落在任何想落的地方。我们拥有这簇新的初雪，和千山万树一起聆听这来自天上的消息；我们用脚在其上作画，每一步都是初生，新鲜如清晨的第一杯奶茶。仰起头，看着千万条雪线微斜着坠落，很有秩序。偶尔有一朵雪花像被放大似的，像认出了你，奔你而来。并不是只有雪花能承担雪花的轻柔，只有雪花能够拥抱雪花，我也可以。

这树相貌端直没有深意吗？它们站在山上，一棵一棵，将一座山站成森林，真不知是山装着树的秘密，还是树藏起山的秘密。在我看来，所谓秘密，就是生长期间经风历雪，超越了我的认知与想象——那些我未曾见过的一切，那些种子的单纯与复杂、脆弱与坚强、孤绝与辽阔。我从未去探究一棵树的生命隐秘，我只知道，它的谛听和注视都是专注的，它一生所有的脚步都是迈往天空的。进入它们的世界，我莫名地感到安心。

下坡路变得陡滑，我们再次上了木栈道。向下一望，长长的阶梯陡峭而下，如果不抓住铁围栏，滑倒的可能性是百分之百。马虎不得，郁老从口袋摸出一叠餐巾纸，分给我和唐唐，他自己则取出口罩。就这样，我们双手抓住冰凉的铁围栏，一步一个阶梯的，侧身向下挪。安全到达坡底，我们甚是喜悦，不禁欢呼起来。木栈道消失，一条宽阔的牧道弯向前方空旷处。

发现一块平整的石头，A4纸大小，顶着一层绒绒的雪，白兔一般，又乖又安静。我伸开右手五指，慢慢地按在雪上，热量兑换来了凉意，却是透心的爽。雪上这只清晰的手掌，权作我向天地、山野、树木的告白吧——感谢所有的不期而遇。

走在山上是次要的，走在山上的感觉却是主要的。这样一场爬山，更像是一场探索自我之旅。陶渊明灵魂的光亮穿过时间的帷幔与我们相遇，"登东皋以舒啸，临清流而赋诗"，谁人不是陶渊明？这时候，可打开为形所役的心，放声一喊。陶渊明的舒放，郁老也有，当他疯子般的怪叫冲出森林，唐唐笑着说："诗人都是这样的吗？"

女人也可以喊。但我的声音在胸腔里，在飞出去的每一眼里。而唐唐的声音在脚板的冲动里。她想离开木栈道的指引，爬到对面的山上去。如果不是迁就我们，她一定会爬上一座山，你要说路滑山陡，她会拉长声调说："没事儿，没事儿"。终是被郁老劝止。我们一直在清醒地行走，就像我们习惯用庸常与现实和解。不过，这样的天气，脚上的鞋，的确不适合冒险。

随意地走过去。一只鸟在树巅发呆，一只野兔跳下土埂，亿万朵雪花敲响灌木的红果，一座绚烂的秋山在雪中拥有了雅致的莫兰迪色……这有序的世界，这出乎意料的遇见，美极了。它们发生着，消逝着，与我一起。而时间能如此这般滑过，是多么奢侈、多么珍贵的事情。我望着山顶上涌动的雾气，久久不动。高山于白雾缭绕中偶露峥嵘，带来想象和梦幻般的沉醉。如果有一声鸟鸣来映照内心的静谧与澄明，就更加完美。而我如愿了，那是一只大黑鸟。

雪一直在飘，并不激烈，像小夜曲，有恰到好处的温柔。行走山野，头沐雪花，原来是如此美妙，越走越觉得舒泰。当心完全向山、向树、向雪花、向风打开，行走就进入了佳境。山与我一同呼吸，我知晓了心的边界。

我知道，即使我不能向一场初雪交出自己，这雪也会退却，为花朵让路。而我，终将在自然的慈悲中变回一个孩子。

一棵榆树的突围

群山里沟壑无数，大多无名。东天山脚下的白杨河乡的滴水沟却有名字，因为沟内有一个雪水瀑布。据说原来叫跌水沟，是哈萨克族人命名的。我倒喜欢这个名字：瀑布可不就是跌出来的？形象。

滴水沟的河道上有不少榆树，同名同姓。但有一棵榆树很特别，它藏于深谷，又长在黑色巨石的裂隙里，就被单独命了名，叫作"石抱树"。领队将"石抱树"的照片发到朋友圈。为了看它，我毫不犹豫地报名参加了徒步活动。

看见它的第一眼，就被震撼了，我决定留下来不再前行。相比前方迷人的深谷，与它独处更令我心动。

远看，"石抱树"枝干挺直，树冠绿意葱茏，气质粗犷，与同样伫立在裸露的河床中的其他榆树并无二致。要说不同，也只是比其他榆树多了一块巨石邻居。走近细看，才看出它的艰难和不凡：它的下半截完全困于巨石，并随着大石裂缝的走向几度弯曲。超出石缝的上半截却直挺粗壮，昂首天宇。

虽然困于巨石，却又坚决地突围而出。而从前石头的呵护，已变为当下的阻碍和束缚。一段痛苦万分的生长历程，是那样显而易见。

是石抱树，还是树裂石呢？一下还真说不清。

很久以前，我父亲曾在河坝里发现了一根榆树桩，他用一个下午锯下来一截，拿回家做了菜墩儿。而榆钱饭是独属于春天的馈赠……天山脚下，榆树无处不在，它早就进入了我的生活，带着山野的气息和泉水的清甜。现在，当它以一种裂石的形象出现在我眼前，我似乎看到了穿过命运之石的一道光。

皲裂的褐色树皮，铠甲般冷硬；道道纵纹粗过中指，顺势而望，竟是满眼的凛然和沧桑。摸一摸，粗粝坚硬；敲一敲，声响厚钝。树身已将2米多高，40多厘米宽的裂缝塞得满满的，我的目光挤不进去。它的身体里藏着太多的风雪与星光，蓄着太多无声的伤悲与呐喊，还有绝境突围的力量和勇敢。

它就是一棵榆树啊，生于逆境却创造生长奇迹的一棵树。

百年前的某一天，或许是一缕风的作弄，或许是鸟儿分了神，飞得有些马虎，总之，榆树种子竟然落在了巨石窄窄的缝隙间。谁能救它呢？向死而生。幸亏，这窄窄的缝隙可见光，可见雨。它没有权利和时间沮丧，它必须凝神聚气地等待阳光照临的那一刻，将珍贵的阳光拼命地吸进身体，合成对抗寒霜、雷雨和石头的能量。当它伸出第一枚鲜嫩的小叶，怯生生地拨开暗影；当它织出修长的根须，咬紧牙关从泥土中汲取养分；当它一分一分地抵达坚硬，一分一分地撕开坚硬。谁不为生命本身的壮丽而感动呢？

老榆树很高，高得可以与山谷对话，与同类对视，可以让鸟儿放心地搭一个巢穴。想要将巨石和榆树整体框在镜头里,得退后五米远。我以仰视之姿看它,如同它曾经以仰视之姿眺望石缝顶端,眺望蓝天。它超出石头的部分为何那样挺直呢?我小心翼翼地顺着裂口爬上了石头,一探究竟。

老榆树稳稳地"坐"着,像坐在一个大蒲团上。我一下呆住了。这是什么呀?那"蒲团"非常厚实,乍一看像谁砌了个大大的水泥墩子,搭在石头的裂口之上,吸住石面,帮老榆树撑直身体。

风吹过树叶,吹出细密的沙沙声,风知道榆树的秘密。刹那的惊讶后,我也知道了榆树的秘密。

那"蒲团",是新生的基座,是智慧的结晶,是精神的高扬,撑住了那颗坚定不移攀向天空的雄心。

那"蒲团",其实是长好的伤口!而埋在石缝里的两米多长的树身无疑是扁形的!

我仿佛听到了狂风的怒吼,看到了榆树撞击在石缝上露出白骨的惨烈。在成千上万次地撞击和日复一日地挤压中,老榆树隐忍着,默然而奋力地撑开树皮,一次又一次地包裹伤口,最终将伤口修成了渡劫的"蒲团"。还有什么能够动摇这棵树、打倒这棵树呢?它最终完成了对自己的塑造——挺拔、繁茂,以树的姿态与日月星辰、风霜雨雪对话。

伤口,似乎印证着命运莫测,却道出了许多深刻的哲理。有人带着伤痕活成了阴云,有人带着伤痕活成了阳光。伤口,可以是一枚勇士的勋章,可以是安身立命的策略。

当我们理解了伤口,也就理解了生命,理解了尊严,并找到了通往强大的可能。

常有人说，如果谁抱怨命运残酷，轻视自己的生命，可以去两个地方看看，一是公墓，一是医院。现在，我推荐第三个地方——到滴水沟看"石抱树"。"石抱树"的生存策略需要太多光阴见证，也需要太久年月去实现。人活不过一棵树，但我们的心应该是一棵树，热爱阳光，无惧风雨，磨难中刚毅，逆境中自强。

那块黑色巨石呢？它显然已经在这河道里待了很久。

二十年前，哈熊沟的河谷里有两块巨石，比房子还大。它们比邻而居，联袂河边的塔松，成为地标式的风景。人们喜欢坐在巨石上照相。有一晚，一场百年难遇的大山洪突袭河谷，巨响隆隆不绝，惊天动地，震耳欲聋。牧人们惊恐万状，吓得两腿发软，以为天要塌了。他们拼命跑出毡房，冲上山坡。河边的牧家乐全被冲毁了。别说阿山八十多岁的爷爷，连阿山爷爷的爷爷也没有见过那么大的洪水。等到洪水退去，那两块几千吨的巨石不见了。后来，一位骑马的哈萨克族牧人，在两公里外的河道里发现了它们。

石头也并非永远驻守一处，不知什么时候，它就会被一场洪水搬走，就像记忆被生活再次刷新。黑色巨石何时来到滴水沟，谁能说得清呢？天山终年银袍加身，或许它有意无意地主导着一切，比如洪水，比如山体崩塌，比如一棵榆树与一块巨石的童话。

石头有没有梦见自己又变成了高山，既然注定成为一棵榆树的港湾。

当榆树拼命冲出包围，它有没有想过石头也会被自己顽强的生存意志征服，打开深邃的心为它让路？

黑色巨石既是榆树一生的贵人，也是它一生的敌人。很难说清，天性凉薄的巨石是一念慈悲，甘心做出让步，还是力有不逮，被逼着让出空间。也许两者皆有。总之，它们各自承担了自己的命运，充满耐心，有着一种深沉的宁静。

石面倾斜，我小心地扶着老榆树绕了一圈。它的腰身是那样粗壮，需要两人合抱。时间已长在了它的树干、树枝和树叶上。在几根粗壮的侧枝间，我突然发现了一个海碗大的树痂，接着又发现了第二个，那是斧头砍斫后的旧痕。被砍掉的树枝散落在巨石边缘，光秃秃的，透着灰白。

是谁照看过它，为它修剪过枝丫？

也许是一个哈萨克族牧羊人，也许是附近林场的一位工人。

那个人，一定最先听到了它裂石时的呐喊，同情它生命的沉重与苦涩，看到了它涌向春天的蓬勃力量；一定知道它想走得更远，站得更高。那个人的目光一定充满了慈悲和赞许。他也许有着黝黑的皮肤、细腻的情感。他也许久久地抚摸着树皮和树干，想着能为它做些什么。

老榆树，还记得那个人的样子吗？我拍了拍它，它扎了我的掌心算作回答。

太阳在追西山顶上的那朵白云，起伏的群山绿意葱茏，荆棘灌木肃静又坚忍，站在岩石或山脊上聆听山风；野芍药泼辣张扬，攻城掠地，已开满一处陡峭的山坡；十几棵榆树，或独立于众，或二三为邻，举着一头清凉绿意，在秘密交谈；群山、河道两岸、浅山地带的无名小花和植物的气息，温暖而醇厚；肥大憨厚的苍耳、不好惹的荨麻、秀雅亲切的车前子、骄傲的牛蒡——个个眼波清朗，望着我。

看着这一切，我忽然明白了，为什么老榆树的骨骼会发育得那般硬朗。在这个山谷里，在这裸露的河滩上，在这褐色的土地之下，生命的真相既复杂又简单。

每一个新生命的出现都被期待：当榆树拱出娇嫩的幼芽，一定有蜗牛来看望它，有蝴蝶为它欢呼，有喜鹊站在石缝边为它加油。而根的世界也并不黑暗，根与根的交融来自树木心中光明的指引。

而一棵榆树与一块巨石拥抱的奇景，也许是山鹰眼中的难解之谜，却是月亮眼中的丰满现实。

我在巨石上坐了下来。千万朵榆钱在风中欢快地眨巴眼睛。偶尔，有一朵斜斜地旋下，在巨石的胸膛停留片刻，便抱着风的翅膀飞走了……

芦苇在等一场雨

一座村庄若气质灵动，惹人牵念，那一定与水有关。长山子镇马场湖村正是如此，塔桥湾水库是它怀中的宝，耀眼而珍贵。有了那一汪水，村庄就多了一分明净和润泽；听鸟读云，观山弄鱼，都有了好去处。

仲春时节，芦苇、三棱草、香蒲及各种无名杂草依旧苍黄枯索，鸬鹚、红嘴鸥、银鸥、渔鸥、潜鸭、麻鸭、大白鹭、苍鹭却翩然而至。谁也说不清它们南徙的路止于何处，却发现越来越多的水鸟北迁后留在了塔桥湾水库。新闻上说，水库已迎来了万余只水鸟。这个消息让人振奋。新疆的冬天太霸道，总以寒气封堵春天，令人怀疑一片雪花都有了杀心。当天光云影、水鸟翔集的画面重现，我们走入春天、走进塔桥湾水库的心情是那么急切。

站在堤坝之上，正面东方，视野极开阔。因为有了一汪水，天地、远山、楼宇、植物的组合就显得深远、灵秀，有一种苍茫浩大之象。天空是粉蓝色，若透明水晶；大朵大朵的白云信步天庭，又凌波照影；壮美的天山立于视线尽头，绵延的雪峰以银光昭示永恒，层叠密布的深紫浅蓝的褶皱，如群马狂奔，凌空而下。有了天山作背景，那些矗立的楼宇是何等有福气，平添了多少精神；岸边的树木、植物清冷而隐忍；一艘尾系红旗的小船正朝芦苇荡驶去，波光粼粼，吟咏着"春水碧于天"。

巨画在前，游目骋怀，我只管用欢喜拓印，以期冀落款。

想这一汪水上，阳光跳着，月光舞着，星光飘着，水鸟的鸣声溅起丝丝涟漪，鱼儿穿过一朵云影……你站在它的边上，它就那么照亮了你的眼睛，让你多了一种寄托。

去往水边的路上，是一大片高过人头的芦苇荡。绕过芦苇荡，是一大片干裂的洼地。美莹说，夏天这里种满了荷花，很是壮观。四岁的壮壮抬头望着美莹，似乎想问什么，又问不出，就憨憨一笑，东张西望起来。长大了他会明白，美会活在记忆里。

刚走近岸边，便听小蕊指着水面惊呼，一群飞鸟正掠过水面，飞向云端。壮壮一看，马上甩开她的手，摇晃着往前跑，像去追鸟。

再定睛看向芦苇荡，发现几十只水鸟在粼粼波光中游弋。那就是鸬鹚和野鸭吧。可惜只能看到鸟影，但许多画面纷涌至脑海。"钓鱼郎"鱼鸥猛地一头扎进水中叼出一条鱼；鹛鹛妈妈背着孩子在等捕鱼的鹛鹛爸爸回来；两只黑背长脚鹬长喙交缠、卿卿我我；一只苍鹭，站在水里捕鱼时间过长，被冻住了。挣扎了许久，终于用嘴啄开了一圈，带着冰坨飞出来了……这些图片来自一个喜欢拍鸟的朋友。他的镜头细腻地捕捉到了某一瞬间，让我一窥水鸟的神秘世界。

遥望与想象叠成了小欢喜，洋溢心底。

水鸟无意为我们表演，它们美丽的飞翔很像一个幻影。远观不得，近观更不可能。我们是为了水鸟而来，但注定看不清一只水鸟的样子。假如没有看过那些图片，水鸟在我心里都只是一个黑点。

我们各自分散开去。我再次走进水边的开阔洼地，去看那些植物。曾专门在小区公园周边拍过小草、野花，借助形色软件获知其名，每知道一个名称，内心就添一丝柔软，便觉得孔子"多识草木鸟兽之名"是极为温情而智慧的指引。几簇根系发达类似苍耳的植物，我叫不上名。形色软件也帮不上忙，它无法识别其干枯的样子。这种问名无处、求名无处的遗憾常有，尤其在野游时。此时，闭眼摸一下就能叫出名的，只有芦苇。芦苇有较强的再生力，又喜欢抱团生存，总能攻城掠地，成为湿地、滩涂、水边的主角。想必发达的根已吸足了地下的元气，现在，它们不过在等待一场雨。

新疆的春天是一首短章，从万物萧瑟到万物葱茏，只要一场雨来过渡。几场雨后，所有的植物就会焕然一新。五彩斑斓已在路上，这一片洼地很快就会捧出植物的芳香。

壮壮跑过来，向我伸出胖乎乎的小手，原来他发现了一条死鱼，要带我去看。在岸边一丛芦苇旁停下，壮壮指着地下说："阿姨，你看，这条鱼死了。"鱼尚未腐烂，一拃长，躺在潮湿的地面上。

"它是自己爬上来的。"他刚想蹲下去摸死鱼，被我一把拉住。他没反抗，也没坚持。

幸亏他没追究。世上除了尚待命名的一切，还有太多生命之谜。无数生命真相的流失，对一个孩子来说无疑太沉重。我们习惯将刻意回避视为对孩子的保护，究竟对不对呢？

那头有个钓鱼的汉子，壮壮扔下我直直朝他跑去。我以为他去找妈妈，哪知他径直停在装鱼的桶边，一把就将桶推翻了。两条大鲤鱼滑出来，在斜坡上胡乱翻滚。

一旁的小蕊惊叫一声，立刻去抓鱼，美莹也跑去帮忙。两人都手忙脚乱，但只捉住了一条鱼，另一条翻进了水里。担心壮壮害怕挨训，我一边赔笑说着对不起，一边蹲下揽住壮壮。

垂钓男子却很淡定，坐在马扎上一动不动，笑着对壮壮说："嗨，小朋友，你比鱼还调皮啊。"

"叔叔，那边有一条死鱼。"壮壮用手指着死鱼的方向。

壮壮啊，壮壮。我们心里纠结着疼爱与歉意，等着垂钓男子发话。

"鱼儿成龙去，江湖莫漫游；须知香饵下，处处是钓钩。"垂钓男子不气不恼，边收渔具，边吟出一首诗来，吟完又对着水面说："鱼儿，别再回来噢。再回来，我还钓你。"

我们有些目瞪口呆。这一幕，分明是塔桥湾水库之行给出的特别福利。

"小朋友，快回家吧，雨快来喽。"垂钓男子又对壮壮说。

风的确大了些。举头望天，阳光依然明媚，却有一朵硕大的淡墨云彩，正由西而来，我知道，那是一朵雨做的云。

陪你梦想花开

马洁是我的学生。如今的她上大四。有次我俩微信聊天，她调皮地发出一张图片，上面写有"山有木兮木有枝，心悦君兮君不知"——那是我的板书。

教高二文科班时，我们相识。

第一次注意到她，是因为她的一篇生活随笔。

教学那么多年，我读过不少学生的精彩作文，但读得泪目哽咽还是第一次。这次讲评之前，我有过放弃朗读她的文章的念头，担心尴尬，但又一想：如果只有分享才能领略她文字里怀念爷爷的深厚感情及细节的强大感染力，那我有什么理由害怕在学生面前流泪呢？

讲评课上，我读她文章时又一次哽咽，待略作停顿情绪恢复时，看到了许多同学眼睛里的泪光。

那一刻，共鸣与共情让我们的心灵靠得很近。让我懂得，鼓励与赏识从来都是一道光，它的来处，是师者宽和育人的心。

第二次表扬她是在一次朗诵训练课上。

那天，我示范朗诵《将进酒》，反复练习了大半节课后，六位男生的表现都不理想，要么缺少节奏，要么情感不到位，要么声音缺少层次，要么扭捏放不开。

"男生读不好，那女生呢?"此言一出，教室里一片安静，男生们伸长脖子等着"看热闹"，女生们将眼神挪到了桌子上。

其实，我心里已经定下了一个可以示范朗诵的"最佳人选"。只有她跟着音频诵读时特别认真，能做到心无杂念，打开声音，放开自我。

"马洁，你来。"

她愣了一下，抿了下嘴，腼腆地站了起来。然后声情并茂地开始了朗诵，同学们都被马洁吸引了，个个凝神屏气，生怕打扰了她。随着"与尔同销万古愁"的尾句结束，班里响起了热烈的掌声。

她的表现超出了我的预期，我高兴地说："我很欣赏马洁今天的表现。论声音条件，马洁并不出众，但论态度，她最认真。朗诵是一门学问。有人选择敷衍，那他永远都是一个门外汉。有人选择突破自我，那她收获的就是进步的喜悦。"

说完，我提议再次将掌声送给马洁。

掌声的力量堪比春风，可以唤醒内心沉睡的觉知。将学生带向掌声和鲜花，是为师者的拳拳成就之心。

我没有想到，这次欣赏激发了马洁更大的勇气——挑战自我，报名参加学校诗歌朗诵比赛。

那天在课堂上，我等了半天，没有人举手。三个校播音员，你看我，我看你，迟疑不决。更多的同学在沉默。

那是唯一一个参赛名额，既宝贵又烫手。

我耐心地等待着，等待那个敢于挑战自我，代表班级去比赛的人。

马洁第一个举起了手。

好，你去！机会面前人人平等。当仁不让者勇，你有勇气挑战自己，想破茧成蝶，为师我就引你去向百花深处。

比赛那天，马洁第七个出场。浅蓝衣裙的民族风打扮，没戴眼镜，两只小辫搭在肩头。随着大屏幕背景的三次转换，她变身为口吐清词的一代杰出女词人——少女李清照，"倚门回首，却把青梅嗅"，欢脱玲珑；新妇李清照，"云鬟斜簪，徒要教郎比并看"，婉约明媚；南渡后的李清照，"满地黄花堆积，憔悴损"，忧思凝重。

她一鸣惊人的表现让舞台活了，短短四分钟里，她用声音和肢体语言，为师生奉上了最美好的视听体验，被颁予特等奖。而这个特等奖是学校诗歌朗诵比赛有史以来的第一个。

在掌声中，我的眼睛湿润了。

只有我知道，这一刻的精彩是香自苦寒，锋从磨砺。一个多月，她在家不停地对着镜子练习表情、设计动作，还到我办公室来，一起抠发音，抠节奏，不断试读，修改串词，卡时间……功夫不负有心人。

每当我想起那段日子，仿佛又看见她推开门，眼儿弯弯、笑意盈盈向我走来的样子。

我从她的一篇随笔中得知，这次的成功让她意识到自己有无限潜能，小宇宙即将爆发。"我难道考不上本科吗？我能！"瞧这能量满满的姑娘，我再一次被她逗乐了。

要知道，像我们这样的普通学校，平行班里出一个本科生有多难啊。姑娘，你可得拼啊。

犹如登山看见了美妙的风景，她对自己有了更高的期许。她想一路拼下去，让梦想的花朵为自己次第开放。

除了对她的鼓励和关心，为人师表的我只能以良好的职业素养为她、为所有学生保驾护航。

高三下半学期，学校开展"三进两联一交友"活动，她成了我的交友对象。这时我才知道她家在农村，每天上学放学要赶十几公里的路。但我从未见过她精神困倦、萎靡不振的样子，她吃的食物是从家里带来的，"我妈做饭可好了，想吃什么就能做出什么。"一副被宠爱的模样，我放心地笑了。

那天，我将最新一期米东区文艺季刊《古牧地》送给了她，经我的推荐，她的作文发表在了"菁菁校园"栏目。

看到自己的文章变成了铅字，她将这本杂志宝贝一样抱在胸口，然后抱住我又蹦又跳。

又有一天，她来找我，说特别喜欢《古牧地》中的两篇作品，一篇是小说《望春风》，一篇是散文《香香，妈妈喊你回家吃饭》。

这让我觉得不可思议。为什么偏偏是这两篇呢？真是奇妙的巧合。我告诉她，她喜欢的这两篇文章的作者都是我教过的学生。她听后眼睛先是睁得老大，然后又弯成了新月。我猜想那一刻，她的心一定在梦想的天空飞呀飞。

后来，她如愿考上了本科。而我，也终于再次品尝到了一种甘甜：我不吝送出赞赏的一缕阳光，却收获了一片希望的田野，收获了一份绵长温暖的情谊——那是我们师生所共同拥有的。

马洁从小到大的理想是当老师。她希望毕业后回到母校任教。我会等着她，并给她一个温暖的拥抱。

阿里木的呱啦鸡

车拐弯朝畜棚开时，伸长脖子张望的呱啦鸡立刻撒丫子便跑，穿过被白雪围了半截的石头、灌木，冲上北面朝阳的山坡，那小碎步踩得跟鼓点似的。它们一口气跑到山脊上，像点在蓝天上的省略号。张望了片刻，就不见了踪影。

王老师将车停在院子里的浅洼处，车头直对畜棚，这儿利于拍摄，又能削弱攻击性。

院子是阿里木家的。阿里木的家建在山脚下的平旷地带，如3公里长的河谷中的一颗玛瑙。这块风水宝地，是阿里木父母的宅基地，有四十多年历史。阿里木在这里出生、长大，结婚后安家在此，一直做牛马生意。阿里木家的什么都是大的，大院子、大羊圈、大毡房、大铁皮储水罐……畜棚也是大的，由一排平房组成。有个窗户，上面蒙着厚厚的白布帘，透着些许神秘。

阿里木家的院子是鸟儿过冬的食物供应处，畜棚也是拍摄呱啦鸡的最佳地方，如果藏身于其中任何一间，就能抓拍到呱啦鸡的灵气。可惜，阿里木的老婆不答应，虽然王老师身形远不比呱啦鸡圆润，五六斤重的相机在他怀中显得巨大。好在阿里木比较好说话，他接住了王老师恳求的目光，大方地建议道：可以把车开进院子里，找个离畜棚近一点的位置，还叮嘱道：你最好早点来，呱啦鸡胆小得很。

王老师是位老摄影家，拍过很多鸟：黑鹳、白鹭、天鹅、凤头麦鸡、赤麻鸭、凤头鹏鹏、长脚鹬、䴙䴘、苇莺、佛法僧鸟、椋鸟、黄爪隼、金眶鸻……一得空，他就带上相机，驾着咖色越野车到处跑，山沟、滩涂、水库、鱼塘……"我认识东天山脚下的每一条山沟，连路上的羊都要向我打听道路。"听他这么说，我笑出了声。他想用显微镜的方式看清楚一只鸟或一头驴的喜怒哀乐，定格种种精彩瞬间，并在长久的等待中享受静默的孤独。

"至少要过半个小时，呱啦鸡才会再回来。"王老师边说边开始做伪装。他拿出塑料布遮住侧身的车窗，再把玻璃摇下半截，将硕大的相机镜头搭在玻璃上，对准被阳光照得发亮的雪地，那里只有两头牛。

呱啦鸡的学名叫石鸡，属国家二级保护鸟类，常居荒漠深山，性子温和，喜欢结伴同行觅食，相处和睦，同进同退。冬天，植物种子都藏在雪里，呱啦鸡得用心翻找。它们像在土里刨食的农民一样，愿意凭自己的力气吃饭，又老实又本分，不像银鸥，为了抢夺一条鱼而大打出手。王老师跟拍了好几年，从没拍到呱啦鸡争食打架的镜头，也没拍到自己满意的那张。什么样的照片才是自己最满意的那张？能称之为作品的那张？

早晨十一点，挡风玻璃外，是一个明晃晃的、错落有致的世界：白雪覆盖的山坡，畜棚上高高的草堆，畜棚前摊开的黄褐色地面，喜鹊、麻雀、牛羊……被我一览无余。

黄褐色空地是牛羊的休息之所。五头牛安静地站着反刍；二十多只绵羊面朝阳光卧着，嘴里一动一动，也没闲着。它们丝毫不在意车的到来，不介意近处停了一个咖色大块头，通通气定神闲，半天不换一下姿势，舒服地晒着太阳。

这时，很难不注意到那四只喜鹊。

与麻雀相互撑腰似的唧唧喳喳相比，喜鹊显得太自在了。怕喜鹊疑心，我便端坐不动。它们倒也善解我意，打开修长的剪形尾翼，在南边的石头、北边的榆树、西边的电线之间，大方地滑翔，一次又一次，让我看个够。我终于看清楚了，它们的翅膀是深蓝色，尾翼间织有深绿色和深紫色，如华贵的绸缎闪着内敛高级的光芒。"黑褂子，白前襟，站在枝头报喜讯"，被这儿歌所误，我一直以为喜鹊只有黑白两色，若非这次亲见，哪知它们的翅膀和尾翼上竟藏着如此美丽的锦绣。所见少，所知浅，而鸟的世界那样辽阔。突然羡慕王老师，可以踏遍青山寻鸟踪。

一只喜鹊从北边的榆树上滑下，落在群羊中间，它低头啄了两下，冷不丁地跳到羊背上，歪了歪头，又跳下去。等它再次出现，竟是在另一只白羊仰起的脸上。我在想，白羊会不会打喷嚏，或者顿头把喜鹊赶走，都没有。喜鹊左顾右盼，跳一下，又跳一下，恃宠而骄。白羊由着它在自己脸上跳舞。大约五秒钟后，喜鹊又跳到别处。这一幕，可能天天都发生。喜鹊对羊毫不设防，这深刻的信赖，是一道风景。

又见四只喜鹊从不同方向飞来，团聚在电线上，你望我，我望你，像在互相倾诉。多美的画面呀。我终于忍不住，摇下玻璃，举起手机。它们却不给我任何机会，展翅折身，箭一般朝山坡飞去，翻过山脊，藏起了自己。

舞台上空无一物。我这个观众被无情地晾在车里。为什么非要拍呢？就静静地看，像看一部电影不好吗？我问自己。这寻常却也神秘的喜鹊，用飞翔掌控自我命运，也规定着我与它之间的距离。我看不清它的眼睛，它的眼睛却拥有阳光下的一切并明察秋毫。直到两个小时后我和王老师离开，它们也没有再飞回来。没想到，它们比呱啦鸡还决绝，或许它们更了解人类，更厌恶人类的鬼鬼祟祟。

喜鹊飞走了，院子沐在阳光下，安详得像在打瞌睡。

得到王老师允许，我打开微信语音，听朋友说她家中修水管的各种小波折。约十分钟后，听到王老师提醒："快看，快看！"

山坡上，几只呱啦鸡探头探脑地正在侦察。真好，没白跑一趟。一股横冲直撞的轰鸣声骤然响起，扭头一看，一辆橙色大货车从七剑山庄方向驶来。呱啦鸡继续向山下移动。可我悬着的心刚放下，又提起来了：阿里木的老婆出现在畜棚。牛转动脖颈，羊纷纷站起。女人攀着木梯上了房顶，躬腰拉出一大捆青色的干苜蓿。牛羊聚在梯子旁引颈等待。她刚落地，一个眼疾嘴快的白羊便从她手上扯走了几根苜蓿。女人高声喝着，挥手驱赶，快速闪进一扇防盗门。牛羊原地转着圈，不肯散去。

半山坡上清晰地传来呱啦鸡的叫声。

女人从门里出来，又去了房头的露天饲料棚，她不紧不慢地爬上大草垛，抽出一大捆玉米秆，咣的一声关上铁门，铁与铁的撞击声瞬间冲进我的耳朵。她返身进了一间舍棚。牛羊跟着她来回跑，哞哞声、咩咩声不断。畜棚前越发显得动荡。

而这一切却没有影响到呱啦鸡。两只先锋官开始往山下走。"只要这两只一露头，大部队就要来了。"王老师说。果然，随着一阵密集的叫声，一大群呱啦鸡涌上山脊，密密地嵌于蓝色天幕。

女人从畜棚出来，再一次麻利地上了房顶。牛羊徒劳地追着她跑来跑去。女人的玫红色头巾像一团火，移来动去，灼着我的眼睛。她从畜棚出来，没有回家，拿起一把铁锨开始铲地上的牛粪。唉，这勤劳的女主人。

"你听，警报员在发信号呢：别来了，快走吧。"

我侧头再望山坡，天又蓝又空又静。

"这么一折腾，呱啦鸡再回来也得两个小时之后了，拍鸟很考验耐心。"王老师说着，取出速溶咖啡。

阿里木的老婆干完活，终于回家了。牛和羊不甘心，跟着她走了一大截。吃饱肚子才是一切，在冬天，这不光是它们的信仰，也是一切生物的信仰。

畜棚前彻底空了。那块深褐色的牛羊休息区，裸露在阳光下，显得浓烈又肥沃。一坨又一坨牛屎，厚厚一层羊粪蛋，和星星点点的碎干草混杂一处，像特写镜头一样，静静地躺在我耳中虚幻的秒针嘀嗒声里，散发着潮湿却暖烘烘的味道。如果呱啦鸡多等五分钟，就可以在这里翻找食物了。现在才是觅食的最好时机啊。它们不等，它们害怕。呱啦鸡的确不够机灵，以前常成为捕杀对象。我小时候拾麦子，曾见大人捕抓呱啦鸡。收割过的麦地，藏不住呱啦鸡。大人们各踞山坡四个角，围住呱啦鸡。它往上飞，山坡上的人就大声吆喝；它往山脚飞，山脚下的人就大声吆喝。如此反反复复，它被吓得晕头转向，干脆把头缩进麦茬里，最后被轻松抓住。这样惨痛的遭遇，想必呱啦鸡会口口相传代代留下警讯。冬天，除了牧民家的大院子，除了雪化干净的山头，呱啦鸡无处可以觅食。山坡的那面，会有一处大院子吗？但愿有吧。

一只灰白色的斑鸠，倏然落下，低头叨了几口，又跳溜一下飞走了，前后不过两三秒时间。我来不及看清它，目光追着它去了山坡，却发现了一只兔子在灌木中跳跃的身影。突然觉得，远远地看，哪怕是它们的一个影子，也是一桩美事。

冬天的榆树，光秃秃的，与大地同色，可观之处就在于傲骨嶙峋。车头左侧那棵，粗根裸露，几坨牛粪，几块小石头散落身旁，雪落了又化，喜鹊来了又走，它们安之若素。突然想起一句诗：我立在安宁的土地上，像一棵可爱的榆树。阿里木家的大院子少不了这些榆树，整个山谷都少不了它们。

无数个冬天，呱啦鸡、喜鹊、麻雀、斑鸠，包括阿里木家的鸡，都在院子和畜棚前觅食。它们会不会一起讨论寒冷和饥饿？像每一个在大地上讨生活的人一样，将一处可寄生命的绿洲视为最大的梦想？我们早已焚弓折箭，行保护之令，阿里木的院子是一处多好的所在啊。

呱啦鸡杳无踪迹，阿里木却回来了。他和他的小舅子拖着一条大大的棉褥子从车旁经过，他们合力将棉褥子送上了房顶，搭在房头。我很好奇，便开了车门，踏过厚厚的羊粪，跑到房头去看个究竟。

阿里木拿着一捆苜蓿从梯子上下来，见我正东张西望，就笑着招呼我，指了指门。我立刻明白了他的意思，几步走到他跟前。"来，看看我的马。"他打开半扇门，揭开了白窗帘后面的秘密，原来这是一个马棚，刚才那条垂下一半的棉褥子既用来挡风，又保证透亮通风，原来这里养着几匹黄色的小马驹。它们那么小，挨在一起，体型匀称精致，皮毛顺滑光亮，个个都完美得像一件艺术品。离我最近的那匹小马驹，恰好转过头，给我一个漂亮的侧颜。我忍不住惊喜，脱口道："太漂亮了！太漂亮了！"

见我赞不绝口，阿里木有些得意。他关上门，走到木梯边，左腿一支便坐了上去。马棚里共有十匹小马驹，是他花二十万从哈萨克斯坦买回来的赛马，养一年后卖掉，除去草料成本，一年可赚近十万元。

阿里木国通语不错，沟通无障碍，他也乐于与人交谈。他的亲戚遍布峡门子、甘沟、石人沟，加起来有二三百人。他转头望着笑容腼腆正靠着电线杆抽烟的男人，说是他小舅子，今天过来帮他修水管。

三十七岁的阿里木，一身寻常打扮，深蓝色中长棉衣，蓝色牛仔裤，黑色皮棉鞋，咖色黑色相间的毛线帽。他看着比实际年龄显大，脸上刻着为生活打拼过的痕迹。他说话时满脸笑意，两个长长的酒窝里不时滑过春风，淡化了沧桑感。我提出给他拍张照片，他笑着同意。他坐在梯子上，双腿自然岔开，两只手握着套着黑白壳的手机，像拿着一本可以看到封面的书，舒展大方的笑容，令他整个人看起来非常自在、松弛。

"你们今天拍到鸟了吗？呱啦鸡今天不会再来了，想拍的话等到明天早晨，早一点埋伏好。"他说得很肯定。我正想跟他聊聊呱啦鸡，他的手机响了，他一边接电话一边起了身，挥挥手便走了。

这一天是山中无数寻常日子的一天，虽已临近中午，但明亮，清透。我的嗅觉一向灵敏，奇怪的是，在羊粪蛋上站了半天，竟没有闻到一丝异味。

两天后，王老师再一次驱车到阿里木家的大院子拍摄。他用微信给我发来了呱啦鸡的照片。我在电脑上打开第一张，一股温和的、清新的美扑面而来。

白雪背景下，呱啦鸡一只爪抬起，颈部略弯，正定睛看着什么。

我移动鼠标，一点点放大来看，它前胸晕染出的淡粉色，腹部晕染出的暖黄色，两肋黑栗相间的横斑，绕头侧和喉而过的黑色项圈，珊瑚红色的眼周、喙和腿……一切都完美得无懈可击，让人惊叹。造物的神奇在一个又一个细节里闪烁光芒。继续放大至2.5倍。它的喙不太干净，留着雪粒和泥痕。最后，视线停留在它的眼睛上。这一刻，我终于和它对视了。我相信它的眼神里藏着天空与山坡的秘密，然而，我只看到纯粹和空明。在阳光、山坡、榆树、石头和白雪组成的单纯世界里，没有惊扰、没有喧嚣，它的恬淡恰如其分。它是那样美丽，眼睛里没有阴影，内心没有忧愁。

一只呱啦鸡的一生，在这美的瞬间之外，亦在这美的瞬间之内。我不知道为这一瞬，王老师等了多久。他一次又一次出发，在镜头里实现精神的飞翔，以此抵抗生活里的平庸。最终，他抓住了那一瞬间的美。

我仿佛再次回到阿里木家阳光明朗的大院子。日子如水流潺潺，生活虽然素淡却饱满，就像阿里木每天都在为他的牛、羊、马忙碌，就像那些鸟儿每天都飞到他的院子来。

开卷暗香流

世界精彩，生命可贵。我们的留恋有多深，阅读的空间就有多大。阅花开云飞，阅山光水色，阅人情春秋，但最让人心灵有所安住的，莫如一本好书。

我最珍贵的记忆和体验，都与书有关。

在该上学的年纪，我家搬到了一处深山煤矿。父亲教我认字，又步行十几公里，到新华书店买回了一堆小人书和故事书。那些书就成了我的至宝，我总嫌父亲教字少，教得慢。我有一颗想在书本中奔跑的心，这让我相信亲近书本、渴求知识是人的天性。许是因为喜欢读书，当看到同伴拿着弹弓左瞄右瞄时，或者捉小鱼吞进肚子里时，我总能联想到书中的人物，比如那个骑高头大马长剑指天的古代英雄，他小时候玩过什么游戏？上了一年级，学了课文《桌子和板凳的对话》后，到了晚上，我就叫上两个同学，躲到教室的窗户下面，耳贴土墙，屏气偷听。是书打开了我探望世界的好奇目光，让我单调的生活变得有趣，为我的童年时光增添了斑斓色彩。

某个冬日午后，我靠在沙发上阅读诺贝尔文学奖著作《世界美如斯》，一团光倏然落于书页，它一层一层加亮，带着奇妙的动感，在我刚画过的红色线条之上，那一行黑色的小字熠熠发光：我初次发现了世界的美，内心狂喜不已，于是贪婪地大把大把地摄取，慌慌张张，不假思索。几秒钟后，那团光一点一点地弱下去。我知道有一瞬阳光刺破了厚厚的云层，它照耀万物的力量永在。时间从书页间轻轻流过，不慌不忙，不躁不忧，以一种完美的形态对应着我内心的恬静与愉悦。与其说我在享受阅读，不如说享受阅读时内心的充实。那一刻，真能闻到文字的香气，闻到光的香味。

书里有一个世界，书外有一个世界，因着阅读，我拥有了两重世界。高中时，曾迷陷于言情与武侠小说，对爱情、对人性的想象力被轻微腐蚀，但这并不是什么坏事，我始终在忠于自己，走在读书的路上，打破局限，有所成长。大学时，教授列出长长的书单，读了不到二分之一，便觉世界辽阔，文学不朽，书籍能善意地将人推向思索与诘问，助其打下精神世界的第一根木桩。工作后，常泡图书馆，看得很杂，光《红楼梦》八十回后的续书就看了十几种，无非是好奇为什么只有高鹗的"狗尾"最好，也许这种不自觉的比较正是读书该拥有的自觉和意义。等住房条件改善，有了自己的书房，立刻邀请古今中外优秀作品，购书满架，偃仰啸歌，实现坐拥"书城"梦。人到中年，涉猎更广，也更自由，越发觉得，同一个太阳底下，人类的历史与命运，以难以想象的方式连接、同频振荡，无论多么曲折，希望和文明总是并肩前行。

读书并不是一种逃避，想从现实生活逃到虚幻世界，也不可能。毕竟像唐·吉诃德那样因阅读过量而疯癫的人，现实中极为罕见。两重世界其实是互补互证的。对有些人来说，饱读诗书正是构建现实生活的必须，是实现自我、成全自我的一种方式，他与某本书籍的机缘，能称为最美的遇见。作家马尔克斯读到了《佩德罗·帕拉莫》后，是那样欣喜与沉迷，最终能够默诵全书。当我在《佩德罗·帕拉莫》的第九十六页，看到那个融入了过去、现在、将来三段时空概念的句子，便不由得会心一笑。《百年孤独》那著名的开头，溯源于此，却更加抓人，更有力量，更为浩瀚。而像这样通过阅读，从前人那里借来学识与智慧，获得启发和灵感，从而打造出一座令人惊叹的花园的事例，不知有多少。

毛姆在《月亮和六便士》里说：要记得在庸常的物质生活之上，还有更为迷人的精神世界，这个世界就像头顶上夜空中的月亮，它不耀眼，却散发着宁静又平和的光芒。建造这样的精神世界，离不开阅读。置身这喧嚣的时代，被网络信息裹挟的我们，不自觉成为社交媒体的俘虏。被芜杂信息夺走的注意力回归，避免碎片化阅读造成的迷失、浅薄与浮躁，最好的方式就是拿起书本。无论社会如何变化，我们的精神生活最安全、最健康、最干净的归宿仍然是阅读。它是放任的对立面，是一种自我更新、自我成长的手段。"阅读，就是在别人的帮助下，建立自己的思想"，只有多读书，才会减少迷茫，才有能力分清什么是真实的世界，什么是真实世界的倒影。

一直很喜欢余秋雨的一句话：阅读的最大理由是想摆脱平庸。这样的阅读动机，不涉功名，不被强迫，只关乎求好求善的本心，因而显得自然可爱。我有个学生非常爱读书，有一天，她到办公室跟我讨论帕慕克的《我的名字叫红》，我才说了几句，她便泪流满面。我并不认为是我说得精彩，而是她共情能力强，悲悯苦难，善良有爱，她是为受苦的芸芸众生而流泪。这样的她，与平庸绝缘。

现代生活紧张，很多人情绪焦虑，内耗严重，这时不妨拿起一本书，通过感受作者呈现出的精神内在，接受他灵魂中的一簇明亮和集中的能量，学会与自己相处，与世界相处。苹果的种子里，有一座看不见的果园。读书亦如此。一本书播下的种子，将长成葱绿，长成嫣红，拥抱我们，包容我们，陪伴我们，强壮我们，让我们有能力悦纳悲欣，有能力打造自己的能量场。

读书吧，它是门槛最低的高贵。

以泉水之名

1

当你要一座山等你，没有人怀疑，它会变心。

这座丹霞山，不知何时被岁月打了一拳。这一拳打得不轻，头顶和脖颈皮开肉绽，寸草不生。它愣在那里，抱着一堆碎石，夕阳中，愈加鲜艳辉煌，雄伟如宫殿，好像在逼迫我忽视它灿烂的荒芜。

我知道不可能爬到山顶，山腰往上是陡峭的滑坡，山腰处堆满了碎石，但我执意要爬到山腰去。四十年过去，它无疑一直站在这里，再过四十年，我可能已不在人世，它还会一直站在这里，只是不知它破碎的速度会不会慢一点，再慢一点。毕竟，所有公采、私采的矿井都已关停，连它身后那座头顶深黑的山，在被一道指令阻止了觊觎的目光后，也保住了全身。

我只是想摸摸它，以便在记忆的源头找到它。

我扔下同伴，一步一步地向山上走，绕过一块又一块或大或小的石头。起先，坡上到处是圆形的石头，大的可躺，小的可抱，要么是黑色，要么是灰色。它们来历不明，更加古老，虽被风雨累世敲打，却永远一个表情，极其隐忍，谁能说得清下一场地壳的阵痛何时会来。被支配的命运，总是身不由己。但它愿意用身体托起苔藓开辟的一片花园，同意鸟儿用白色鸟屎打个记号，它便是一方无垠的宇宙。

再抬头，黄色滑坡边缘竟然冒出了一群羊，往北边走，画面突然活泛起来，有了意味。羊白得特别纯洁，有几只停下打量我，那一定是特里窝别克家的羊。我转身看向大路，并没有看到特里窝别克骑摩托车的身影。

特里窝别克家的羊为什么会出现在这里？他家在河坝那边，离泉近，离大草滩近，那边沟谷草更茂盛。不对，我打断自己。路边检查站的哈萨克族人告诉我，为了保护青山绿水，关停了甘沟煤矿，这里改名叫“花儿沟”，是旅游景区，归阜康市管辖。这片山谷，早就成了羊的牧地，地大人少，想往哪儿跑，就往哪儿跑。

要不是找到了那眼泉，我就无法确认我家旧址。要不是在泉边碰到特里窝别克，我就无法知道泉被荼毒的现实。除了泉令我悲伤，眼前的这座丹霞山，也让我悲伤困惑。记忆绝非深不可测，深不可测的只能是遗忘。而遗忘的黑洞在何时形成，我竟毫无察觉。

我弯腰的幅度越来越大，气越喘越粗，最后，看不到土层了，脚下、身旁全是不规则的碎石。原以为它们只有砖头大小，其实不然，很多大块石头如牛如马，小者也如羊如狗，能轻易藏了身，躲开山下人的视线。石头全身锦绣，或红，或黄，或青，或红黄交织，或青绿交织，或黄绿交织，尖锐、拥挤、躁动、华丽无比。用手抚摸，粗粝硌手，不温不凉。

我走一步晃三晃，实在费力，停下了脚步，不再往上爬。

这时候，夕阳也正好，增一分过亮，减一分嫌淡，彩色石头们的美丽在这时达到顶点。似乎听到王家卫示意单机位镜头开始运转拍摄，丹霞山及其他碎石们立刻心领神会，各司其位，生机勃勃，上演了一场绝世的光影之魅。

也许石头们最清楚，夕阳走得飞快。

我杵在碎石中，像杵在时间的荒涯。大脑努力地往过去狂奔，书页翻飞，千年走马，铁鞋踏破，终于看到了它：从头到脚的青灰色，几处绿色灌木，嵌着许多黑色、灰色的大小石头。

我的吃惊和叹息，铿锵落下。它本是丹霞山，被谁揭穿了身份？

2

美人迟暮、英雄末路、江郎才尽，世人公认的人生三大悲哀。在我，夙愿难偿又为一悲哀。

我妈忽然提出想去甘沟看看，赶紧答应，也正合我意。结伴者：我妈，我妹，我弟和我。我妈叹息，你爸如果还活着，他也要去。我的心立刻被蜇了一下。

2019年8月的一天，第一次回甘沟，走的是西路，需要蹚水过水磨河，过山谷，再翻越一座极其陡峭的红山。

我弟指挥出租车停在了准确地点。原来他是先锋官，去过两次了。在甘沟时，家里养过一只叫赛虎的黄狗，赛虎跟他很亲，陪他上山挖地洞，去河坝抓小狗鱼，还咬过一个抱着他假摔的矿工。

下了马路，穿过杨树林，绕过大羊圈，过了水磨河，没急着进山谷，我们在河边石头上坐下，先看看河。

记忆里的鱼，成群结队，游进了银光闪闪的河水。那时候，水磨河里的鱼真多啊，一棵老树根下就可能藏着一窝千年鱼精。十几个捉鱼人让水磨河沸腾了大半天，桶子装满了，有人干脆脱下裤子用来装鱼。笑容是朵花，开在我爸和我妈脸上。太阳刚偏西，一群人走进山谷，踩碎了寂静，甚是欢快。

那两年捉的鱼多，吃不了，都晒成鱼干了。"到了冬天更是好东西。"我妈说。直到走进山谷，她还在回忆捉鱼的趣事。而我的往事，忽闪忽闪着，提炼为两组镜头。

三个女生一个男生，刚下山，从山谷间迎面走来。我看见了我，满月脸，穿一件黄底小碎花衣裳。

三个女孩走在前面，男孩殿后，正走进山谷。我看到了我的背影，黄底小碎花衣裳上多了一道长长的墨水痕——被霸凌的印迹。

这条两公里长的山谷，那座陡峭的红山，我最熟悉不过，想必它们也认得我。都说上山容易下山难，红山例外，它是下山容易上山难。当时住校，年纪小，走长途不知道备水，每到山脚，先休息一会儿，然后对过眼神，冲！艰难到顶，腿抖咽干，却也是苦尽甘来。一公里外的草甸上，宝气冲天，正是那眼泉在招手。一气儿狂奔，穿过大片芨芨草，终于见到了日思夜想的泉。玉液琼浆，只管喝，喝得浑身舒畅。

山谷原始而静寂，山陡是真的，太阳烈也是真的。坡面上沟壑纵横，洞穴处处，落脚需十二分小心。问我妈行不行，她满不在乎地说："没事儿，山再高一点也没事儿。"她果真没事。最陡处，全神贯注，手脚并用。七十岁老太太第一个站到垭口，未见大喘。平时不让我帮她拿水壶，嫌我力小气弱，那是真有底气。全部站定，都不约而同地视线向下。嶙峋的山谷，如沉没的古船，散发着骇人的苍凉之气。再也不见，我心想。此生，最后一次爬红山，正式与它告别，夙愿已偿。

远远地，看见了我家背后的那座山，感到极陌生，头顶变平，上半身橘红。与左右灰山一比，有些突兀。我记错了吗？

3

甘沟因何命名，没人能说出一二，我能。甘草在河坝裸露的黄土层上绣花缝锦，风光无限，满沟就属它势众。甘草根刨甜，这还不能说明问题吗？

说这话时，我八岁，常自作聪明。但一年后，我便推翻了自己，那时一号立井废弃，所有人家搬到了二号立井。

而二号立井有一眼天赐之泉，水质极为甘洌，有甘泉的才如其名——甘沟。

在一号立井，吃水始终都是大问题。春天还好，融雪后河坝里的水呈黄色，担回家用块明矾，水就清了。冬天河面上冻，厚达几十厘米，得用铁镐凿冰。我妈每次凿冰取水，我就充当帮手。我俩包严实后，勇敢出发，从撒了煤沫子的土路下到河坝。我妈一手抓着扁担，一手提挖煤镐子。我则抱着面盆。

河坝表情僵硬，几根甘草紧紧搂着裸露的土层，生怕摔在寒气四射的大青石上。大青石边厚厚的冰层正可下手。我妈先用镐子揭掉冰面上的黑尘，再择机下镐，一阵碎玉乱溅后，碗大的白冰就滚落下来，她就势往旁边雪地上一拨。堆得差不多了，我便将冰块捉进水桶和盆子中。端着一盆冰爬坡时，我脚下打了滑，盆子叮里咣当摔下河坝。我下河坝捡起盆子一看，摔没了三处搪瓷，正担心挨骂，听到我妈说："再去装一盆。"像没事一样。那时我妈三十来岁，美丽泼辣，一把力气。有她在，生活便五谷丰登。

我一直以为，天山将世上最好的泉给了甘沟。泉水丰沛，养地养人，绰绰有余。

夏天，它招来无数鲜花野草，又随手一撒，撒出丰饶的大草滩。冬天，它水汽氤氲，像童话，像幽蓝的宝石，使无边白雪超然生动。

水缸见底，我妈也不会着急，只需十来分钟，她就挑回两桶泉水。夏天染一身植物清香，冬天携一身冰雪清气。

有一天，我突然想起刨冰往事，立刻打电话问她还记不记得。她正在看冬奥会开幕式。"我们不用刨冰啊，我们有泉水啊。甘沟那个泉，你忘了？"她说。我耐心描述，帮她回忆，她就一句"我们有泉水"。见说不通我，便说："不记得了。"也许是真忘了，也许是那眼泉太过美好，覆盖了所有关于河坝浑水及刨冰融水的记忆。

4

我面对夕阳，坐在彩色石头中间。寰宇沉静，风不再一惊一乍。从前满山乱跑、无法无天的童年，跃然而至。

虽然，旧房废墟已被清理干净。我确定，从前我家背靠的大山就是它。

当时所有人家都在山脚起房。地势高的人家住土坯房。地势低的房屋取半土窑式，依着山脚挖出一个大的凹槽，盖了顶，抹了墙，糊了窗，然后住进去。空旷处自然形成了小广场。晚饭后，各家小伙伴纷纷出动。有时候男娃女娃合成一个阵营，有时男女分开，各玩各的。跳房子、打三角、打沙包、打杂杂、装木头人、老鹰捉小鸡、跳大绳、跳皮筋、踢毽子……男娃穿松紧布鞋，女娃穿方口布鞋，都仗着一双老式布鞋打天下。游戏呼啸的童年，笑声震天的童年，本就是一味治愈的良药，为一生注入纯粹的阳气，就像压得越来越瓷实的地面，令人安心。

小广场，曾任我纵横的万里江山，如今胸卧一条柏油马路。向北直通阜康，向南直通花儿沟景区。景区内有一个新建的国际滑雪场。车开到写着"花儿沟"三个字的彩门时，我确定走过了，于是掉头，去找我的小广场，找我的山，找我的泉。

我开始下山，山风吹动裙摆，发出咻咻声，为追忆似水流年营造着气氛。

马路上停着帅气的特里窝别克。他骑在摩托车上，看着我一

步一步挪到跟前，他早就认出是我。上次坐着他叫来的出租车匆
匆离开时，我告诉过他，会再来。

5

第一次来时，山脚下旧房废墟尚存，断壁残垣挤挤挨挨。

我对那些断墙没兴趣，只想以它为参照，找我家曾经的位
置。看了几眼后，拔脚离开。

在一块向东北倾斜的坡地上，我闻到了熟悉的蒿草清香，深
吸一口，蹲下。这些植物指甲盖大小，贴地而生。据说这种小植
物，能感知春季是否缺水。若是缺水，草籽立刻启动应急机制，
马不停蹄地抽叶。我捉住一株细看，它像袖珍的多肉植物，层层
叶子间藏着针鼻大的一点朱红。再微小的植物，也乾坤无限。小
时蒙昧，从未理睬过它，心思全在泉边的花妖草仙身上。

大妹在断墙前转来转去，选了一面土墙站立，招呼我为她拍
照。我走过去，举起手机后，又放弃。多年废墟，元气散尽，就
让它尘归尘，土归土吧。

我拉了她便走。我找到了我家曾经的位置，只要手臂伸直，
与河坝那边的泉成一条直线，就八九不离十。我妈和我弟点头
附和。

坡地尽头是两米高的小断崖，下面是柏油马路。我在心中努
力复原着当时的格局，小广场，周老二家，徐老大家，白老大
家……点完地图，我有些恍惚。知道甘沟很小，但它会如此之
小，就像在看沙盘。年少时持小矮人视角，觉得一切都庞大开

阔。现在看，我所站之地离河坝不过一射之地。而过了河坝，再走两百米，就会看到明月般的一汪泉水。

山脚宽阔，各家房屋却参差错落地挤在一起，只为离那一眼甘泉更近一些，挑水时能少走一些路，毕竟河坝的坡陡。

甘沟的最后一户居民据说是魏海昌，我的小学同学。他一直坚持到最后，才举家搬走。为何如此，无从知晓。

由煤矿伸出的一条斜坡道，到了冬天，就是孩子的滑冰道。大人千骂万攘，还是没盯住。郝家四岁的小儿子，滑爬犁滑进了拉煤车下。那个冬天极为哀伤，雪白皮肤，金黄头发，金黄眼珠的小金童，突然就没了。离世的前一晚，他在我家玩，我用钢笔给他画了两撇胡子，又给双眼各画了个圆圈。他伸出雪白手腕，让我再画块表，笑嘻嘻地像只小猴。

还有一对年轻夫妻，生了个白胖男娃，我没事就跑到他们家，抱着胖娃娃坐半天。他们以为我稀罕小男娃，其实我盯上了他家的书。那本书很厚，没有封皮，插画中有人在天上飞，有人倒栽在水里。

只要愿意，我就可以一直挖，直到记忆的矿井战栗疼痛，直到时间的利齿反咬我一口。当时年少，在这里感受过自由、泼辣、眷恋、诡异、背叛、龃龉，无论参与，还是旁观，身心备受震撼。山都能改变模样，何况心猿意马的人呢？

人烟寥落，土地撂荒，榆树一身虬枝，怪异又沧桑，这一段山谷恢复到原本的样子，归为风景。河坝还在，两侧面貌全新。居民换成了三家哈萨克族牧民。所谓废墟与新生，可能是轮回的祭奠。

想当年，河坝对岸何等繁华。红花地，撒着泼地红；土豆花，扯了月光做衣裳；麦子，借来了太阳的光焰。它们比热闹，比生气，被泉水养大的一生，天然有股子傲气。现在看，那些土地倒像是见缝插针的艺术。当茇茇草重新一统江山，抹去一切耕作的痕迹，那些固守不渝的榆树便是旗帜，帮助我绘就旧时的地图。

河坝边有座白砖房，十几只鸡踱来踱去，两只锦绣大公鸡盯住一坨牛粪，不停地低头叼食，不理会我们的脚步。拐过砖房，是一块褐色黑润的平整土地，在阳光下反着光，当农作物挥手离去，它就是野生植物的天堂。只是，这里低矮的青草不愿告诉我，山坡上贴地而生的植物是不是它们的兄弟。

6

"我想就是你。"特里窝别克双肘撑在摩托车车把上，笑着说，国通语比三年前好。"我带你去看个地方，就在前面。"他用手往南边指了一下。

驱车往南走了二三百米，下了柏油马路，拐下一条土路。土路上小沟窄壑，废弃已久。特里窝别克一口气冲上垭口。下车走了几步，便听到哗哗水声。近前，是一口井，上面封了水泥。听水声，像是暗河。

走上垭口，赫然发现这是一个半途而废的煤矿开采项目。

垭口是被炸出来的，再被轧平，彩色碎石推搡着滚向深深的谷底。伸头一看，莫名恐惧。但山谷里竟藏着一处美丽秘境，对面而立的丹霞山，全身嫩黄，间以几道绿色和白色，甚是好看，幽然向东而去。我歪头侧身，想看个全貌，视线被眼前的庞大山体切断。它通体黑色，解释了这个垭口为何存在。

特里窝别克说，这个煤井是一个哈萨克斯坦商人投资的，后被要求填埋。那个老板后来去了内蒙古。

我瞬间明白，不是我记忆颠倒，而是那座山曾经被炸过，头被削平，皮肤被撕开……

而我们的思念，会不会就是甘泉的哭泣？第一次找到它时，它枯涸憔悴，令人心碎。它一定连接着地下四通八达的丰饶水系，所以至今依然流淌不已，但水质早被污染。我，我妈，我妹，我弟，涉河翻山而来，只能望泉兴叹，然后默然离开。

从垭口下来，特里窝别克问："姐，啥时候去吃羊肉抓饭呢？羊娃子肉给你准备下。"

特里窝别克家和另外两家牧民用的是自来水，通过几根长长的塑料管引到家里。水肯定能喝，但如果用甘泉水做羊肉抓饭，用甘泉水来烧奶茶，那该多么完美。

看着他浅灰色的眼睛，我只能说下次。而下次是什么时候，我不敢承诺。

夕阳洒出了最后的光芒后，丹霞山黯淡下来。

但它永远都会站在这里，它能看得很远，看到甘泉……

鸟从天山飞过

在和两个同伴去柴窝堡湖拍白鹤的半路上，林佑山望见了一片水域，周围牛羊成群，水鸟飞起落下。他果断打了方向盘，拐下公路。到跟前一看，傻眼了，哪来的水域？竟是一大片农田，残留的塑料薄膜铺天盖地，在风中翻飞。

他被两个同伙笑话了一路。最近，他也总觉得老花镜有些不给力。

两个同伙，一个姓王，四十多岁，来自甘肃，好不容易在单位的宣传部门站稳脚跟，前年成为林佑山的拍鸟"同伙"。一个姓何，刚退休，为了成为同伙，请林佑山吃了好几顿饭。他第一次以同伙身份跟林佑山外出拍鸟，很是兴奋，穿着一身鲜艳的户外服。林佑山开车接他时，见他这身装扮，便摇了摇头。这次他们打算在野外守一天，鲜艳的衣服不利于伪装。

近几年，林佑山常与同伙出去拍鸟，一来有个照应，二来老婆放心。不少人想当他的同伙，他一直谨慎地拒绝。小王很少说废话，几次搭档后与林佑山形成了默契。从前去安集海拍鸟，一帮人里有个退了休的刑警队长，作风横行霸道，"没啥见识，庂气倒是不小。"他冷眼旁观，再不愿与之为伍。老何虽略显浮躁，好歹朴实，且诚心实意。

车停在柴窝堡湖边时，三人下了车又快速躲回车内。风太大，人站不住。林佑山坐在后座上向外眺望。柴窝堡湖仍有一些角落结着冰，满湖的芦苇和莎草还没发芽，风力发电机停止了旋转。风把大地吹得都变了形，声音凄厉。两个同伙也采取了斜躺姿势，拿出了手机。林佑山看了会手机，便眯眼休息，等再次望向窗外，心一跳，鹅喉羚！他迅速拿起出发前就调好参数的相机，摇下车窗，对准了芦苇中的四只鹅喉羚。哒哒哒，哒哒哒，清晰，有力。两个同伙反应过来，赶忙也举起了相机。

鹅喉羚是国家二级保护动物。上一次拍到，还是在三年前。总算不虚此行，弥补了没有拍到白鹤的遗憾。"这就是出野外的魅力，充满未知的惊喜。"林佑山慢条斯理地说。

晚上七点，风仍未停，他们放弃用无人机拍夕阳的计划，开车返程。小王和老何将拍到鹅喉羚的消息发了朋友圈，林佑山有些不悦，太嘚瑟了。正是鸟类繁殖季节，他怕闻讯赶去的人把鸟窝踏平，有些人为了拍视频，会故意将孵化的母鸟惊飞。

退休前，一个同事对林佑山说："你退休后，就买一群羊，白天放羊，晚上喝酒，日子多惬意！"他问："为什么放羊就是好日子呢？这是你的理想，不能理所当然地就认为是我的吧？"

林佑山理想的退休生活是成为一名真正的摄影师，拍出可称为艺术的照片。

他曾在卡拉麦里旁一家煤矿工作了十年，那十年，是他人生最平稳、最风光的十年，工作稳定，年薪二十多万。闲暇时，他背着相机出去。先是拍鹅喉羚、狐狸、普氏野马、蒙古野驴，后来拍昆虫、鸟类。见到什么拍什么，只要是活的，曾经有被狼围堵的可怕经历。戈壁荒滩，手机常没有信号，这时，几声鸟叫忽然传入耳中，会有种特别的安慰。当他在自己的镜头中看到黑尾地鸦、漠䳭、金眶鸻、棕薮鸲以及林莺这些鸟，但当时的他还叫不上名字时，他感到一阵失落。

　　总有不认识的鸟闯入他的镜头。他想弄明白，就开始查《辞海》。慢慢地，他不满足于拍清楚，他发现，相比狐狸等动物，鸟的世界更丰富。他意识到要学会分类，了解各种鸟的习性。2008年开始，鸟成为他主要的摄影对象。

　　林佑山一直有颗文艺的心。小时候，见有人挂着照相机，他会一直追着看。1980年入伍后，他没事就去摆弄宣传干事的相机。村民要拍结婚录像，他想方设法借台摄像机，过把瘾。又高又瘦的他，扛着摄像机，恍惚间还有扛着机关枪的感觉。这种感觉，经常在举起相机的某个瞬间从心中涌起，似乎也能说明他这个复员军人，注定不会成为一个老实巴交的农民。他一直记得那个故事：一个井底之蛙一直向往井外的天地，它奋力跳出井口，高兴地向前跑去，突然被一只手提溜起来，塞进一只篓子里。

　　他一生都在折腾，也经常想起那只青蛙。

　　"不折腾，就会永远受穷。"1985年林佑山结婚后，一边种着两亩地，一边开始折腾。因为爱动脑子，有很强的动手能力，他成了村里最能折腾的人，啥挣钱就干啥。村里没有谁像他一样长年处在被嘲讽或被夸奖的口水中。"所有的技术都是我自学的。谁家的冰箱不制冷，谁家煤气灶坏了，洗衣机有毛病了，都来找我。"他一直觉得自己比一般人聪明许多。

用午餐肉罐头盒做三弦，自造了孵化器卖小鸡，造洗衣机，对他都只是小技术。在村里，他是一个能干大事的人。1987年，当发现村民跟风卖小鸡，他立刻卖掉了孵化器，建起了新疆第一个私人保鲜冷库，卖反季哈密瓜、葡萄等水果，大把票子哗哗流进口袋。但他先人一步的挣钱黄金期只有四年，在这四年里，他完成了农业大学的函授课程，自行研究出合适的保鲜剂，挣的十万块钱，全部用于建造一个"豪华"保鲜冷库。这个冷库，是他和妻子一砖一瓦建起来的，除了最后盖顶时请了工人，其他活都自己完成。

作为发家致富的典型，林佑山上了报纸，县里号召向他学习，并实行了五万元补助政策，一夜之间，二十多个保鲜冷库冒了出来。但那些农民没有保鲜技术，瓜果一烂，立刻低价抛售，市场瞬间就乱了套。这时，市里正规的保鲜冷库开始运营。忙活了几年，林佑山最后只赚了个冷库，既不能住人，也无他用。

最夸张的是，他用七八年时间，翻烂了几箱有关航空知识的旧书，在1997年造出了一架飞机。当时民用航空开放，飞行员奇缺。他想考个飞机驾照，彻底改变自己的命运。当时考一个飞机驾照要11万，年审条件也很苛刻。总之，有钱才玩得起。他造出飞机，想先行练习。飞机造好后，两次载重实验都失败了，人没上去，翅膀先断。他把失败归咎于当时买不上铝合金材料和现成的发动机。"要是还有年轻时的心劲，我就能造出一架飞上天的飞机。当然，我得有很多钱。"两个孩子要上学，举债完成学习，压力太大，他最终放弃了考驾照，那时他已经学完了十二门课程中的七门。

　　梦想是昂贵的，现实的劳累总如影随形。林佑山买了辆旧车，天天到各个餐厅收集泔水。喂了三年猪，挣了5万块钱。2003年一场"非典"，害他赔光了三年挣的钱。随后一场令全国养殖户哀嚎的鸡瘟，让他家的一百多只鸡也全军覆没。他和妻子只好分头出门打工。

　　2004年，林佑山继续折腾，他特意去山东学技术，回村后在自家院子办了个太阳能热水器工厂。当他信心满满地推销时，很多村民却说用晒的水洗澡会得红斑狼疮，这让想再淘一桶金的他很受打击。

　　折腾的代价就是赔钱。他自嘲说，他的收入总赶不上他的爱好，但他妻子从来不会生气，无论他有多么奇葩的行为，比如骑着摩托车飙车，花2400元买一个CD唱片机，天天在院子里唱歌，愣是练成了村里的歌星。"不管咋折腾，只要你乐意就行。"有贤妻若此，林佑山的文艺之心和求富之心，总有一个会开花结果。

　　"那些年太难了，太难了。"他觉得自己就是故事里的那只青蛙，被人提溜起来，无法弹跳，而被塞进篓子后，反而有了重新翻身的机会。他在那只命运的"篓子"里，不停地寻找出路，吃过很多苦，打过很多工。有一次他骑摩托车去看在外地拾棉花的老婆，回来的路上，泪流满面，又被风吹干。2004年底，由于电焊技术出色，他来到了卡拉麦里工作，并凭借出色的动手能力找到了挣钱的门路，而这些门路，他并不愿意摆到明面上说。总之，他拥有了财富。

就是从这一年起，他确信自己终于改变了命运。为了进重点中学，他为两个孩子买了城镇户口，还购买了一套商品房。等装修好睡在床上，他觉得身体轻飘飘的，像躺在云朵上。随后，他又有了自己的车。他的内心褪去了自卑，变得特别自信。农村人外出打工，也能打出生活的小康。每当他开车带着妻子，在高速路上奔驰，他都有种贫农翻身的幸福与自得。

卡拉麦里是一片神奇而荒凉的土地。他没事就开着车，带着相机，在广袤的戈壁上飞驰。通过《中国鸟类观察手册》，他了解到不少新疆的鸟知识。新疆的鸟类占全国的三分之一，鸟儿的迁徙路线刚好贯穿新疆。相比于旅鸟和留鸟，他觉得候鸟最幸福，因为它们"带着理想就敢飞遍各地，有了信念就能起早贪黑，出门连行李都不带，天上地下就是归宿。"这顺口溜后来也一度是他拍摄经历的写照。

2014年他带着大笔存款离开卡拉麦里，经济条件足以保障他开着车天南海北地拍鸟。春夏秋冬，他独自辗转于南山区的几大水库之间，当他屏息凝神从镜头中看到鸟圆溜溜的眼睛、各色羽毛等所有细节，他感叹造物的神奇，同时，他脑海里迅速写着小作文，描述它们的喜怒哀乐及生存之境。那一刻，所有琐事及其波荡都无影无踪，只有单纯的发现愉悦与拍摄的快感。"鸟中大熊猫"黑鹳落脚在南山区的柏杨河水库，就是他第一个发现并且拍到的，他将照片发进新疆摄影群，有人点赞，有人开始关注他。

2017年，他参加了一场赠书会，见到了作者郭元清。这个老鸟人，倾其一生拍新疆鸟类，自费出版了《新疆野生鸟类摄影画册——我拍鸟的那些趣事》，并且无偿赠给到场的人。书中有二百七十种鸟照片，都配了鸟的故事。他边翻看书，边被深深打动。那时他急切地想提高自己的水平，苦于没有方向。他手捧赠书和郭元清合了影。照片中的他与现在相比，变化不大，头发厚密，脸瘦削偏长，目光温和，似笑非笑。

他有了努力的方向，当即加入鸟类保护协会，开始频繁与新疆著名的观鸟人交流，并花重金购置了长焦镜头。他要拍出鸟的神韵与生命的动感瞬间，用自己的方式，讲好鸟故事，普及鸟知识，提高人们的环境保护意识和爱鸟意识。

现在他能认出五十多种乌鲁木齐及周边的常见鸟。他喜欢为照片配上文字，发到朋友圈，获赞无数。

林佑山拍过一只金眶鸻。他配文道："它先是装作腿瘸了，一颠一跛地跳跃，见我不追它，就把翅膀耷拉下来拖着走，转着圈发出惨叫。我静静地看着它表演，它的窝在附近，企图引开我。见我无动于衷，它只好停下表演，回头看了我一眼，羞愧地走了。它或许知道了，都是两条腿，人类还是很聪明的。"

鱼鸥捉到鱼，"其他的鱼鸥立刻群起而攻之，上前抢夺。有劫道的、有骂街的、有穷追的、还有迂回包抄的。叼着鱼的鱼鸥油门踩到底也飞不过这些围追堵截者，于是就一松口，把鱼从高空抛下，任鸟去抢，权当做公益了。"

两个赤麻鸭家庭为争夺地盘，经常打得不可开交，其他鸟稍一靠近，它们就扑翅驱赶。但一遇到斑头雁，赤麻鸭立刻低眉缩头，脖子伸得几乎与水面平行，游远一些才重新昂起头。林佑山说："这是弱者对强者的臣服与谦卑。但其实，斑头雁喜欢与棕头鸥、黑颈鹤、赤麻鸭等鸟类混群繁殖。在同一片水域，它们互不相妨，和谐相处，尽量避免相遇冲撞。"

"一只白鹭两次叼起了一个过滤嘴烟头，端详一会儿后又放弃了。水质污染，生物越来越少了。"这样的镜头，这样的配文，引人警醒。

拍鸟虽然辛苦，但乐比苦多。"最初，相机是一个神奇的盒子，现在摄影是我生活的一部分。"有一对赤麻鸭，每年春季都来到柏杨河水库，他跟踪拍摄了七八年，见到它们，像见到老朋友般亲切，心也放了下来。镜头帮他留下了鸟的千姿百态，他用图文，将一个陌生、神秘的鸟世界呈现给读者。

春天来临，求偶的雄鸟们施展浑身解数向雌鸟献媚，想趁明媚春光寻到爱情，组建家庭。雄白鹭长出了如丝如缕的繁殖羽，当得起"玉树临风，君子如玉"的称赞，它们彼此打斗追逐，向雌鸟大秀肌肉。而雌鸟芳心沉静，专心捕鱼，在那个刚猛的配偶来到之前，它要先吃饱，真是聪明又务实。雄性棕头鸥则将捕来的食物送到雌鸟嘴边，诚意满满。凤头䴙䴘的求爱极具仪式感，双方像跳探戈一般，执手相看很久很久，令人怀疑他们正在发誓"山无陵，天地合，乃敢与君绝"，它们之间绝对是双向奔赴的爱情。待小䴙䴘出世，一家三口相亲相爱，妈妈背着孩子，爸爸嘴里举着一条鱼相随，一派岁月静好。

美丽的鸟世界，是展示生存智慧的世界，是强者生存的世界，也是和谐共生的世界。

因为关心鸟，他对环境、气候的变化很敏感。

一场倒春寒，一场突然的水位上升，都会让正在孵化或者刚孵出的小鸟夭折，逼得鸟儿们再生第二胎。小候鸟会因无法长途飞行，被迫滞留北方，能否顺利过冬全凭运气。2019 年冬天，林佑山在鱼塘边扎起帐篷，跟踪拍摄了十八只滞留的白鹭。在滴水成冰的三九天里，白鹭的脚趾冻在冰面上，它生生将脚趾啄断，才飞了出来。那些天，他常常见到脚趾攥着一大坨冰飞行的白鹭。因为食物不足，得不到充足热量，它们严重缺乏营养，唾液没有了油脂，梳理过的羽毛几乎不防水，入水抓鱼后，沾过水的羽毛便挂满冰凌。晚上在家看照片回放时，林佑山的心紧揪在一起。每天都有白鹭死去，成为喜鹊的食物。朋友圈里问声一片：可以投喂吗？当六只成鸟和十二只亚成鸟一一死去，他躬着细长的身子，走在白雪鱼塘上，心里弥漫着难言的忧伤。

很多人将朋友圈设置为"最近三天"，林佑山的朋友圈永远敞开。从 2004 年至今，新疆新增记录了六十七种鸟，林佑山拍到了其中的五十多种。他想将来出版一本摄影集，讲述鸟和环境变迁的故事。他认为，这是他拍鸟的意义。

当然，之所以坚持，还有一层隐秘，拍鸟于他亦是精神救赎。九年前，他家卷入了民间高利贷、开度假村等各种投资。在一番天花乱坠的说辞和一窝风的急切中，心软的妻子将存款悉数借给朋友。朋友投资失败，钱赔得精光，还钱的希望极其渺茫。林佑山为此和妻子吵过很多次。吵能解决问题吗？除了悲叹自己没有守财的命，他不知道该怎么安慰自己。青蛙，能逃出命运的掌控吗？

人生如梦，短短几十载，总得抓住点什么才好。每月二千七百元的退休金，开着车到处拍鸟，油钱支出大，为此他得精打细算。但慢慢地，他想通了，妻子与自己同甘共苦了一辈子，伺候公婆极其尽心，善良，温顺，吃苦耐劳，从不抱怨，这个十九岁就嫁给他的山东女子，有许多值得被歌颂的传统美德。既然约好了下辈子再做夫妻，那就没必要为失误牺牲健康和感情了。有一次，他拍到了白鹭罗圈腿的一瞬，配文道："坐没坐相，站没站相。"妻子看了后，笑了很久。他有些感动，这是他拍鸟的新意义，妻子笑了，家就暖了。财没了，人还在。人还在，就可以做自己喜欢的事情。

"夕阳无限好，只是近黄昏。"他在微信上留言。

"但得夕阳无限好，何须惆怅近黄昏。"知道他情绪有波动，我便如此回复他。

2019年夏天，为了拍一张海鸥入水抓鱼逆光飞向自己的照片，他举着五公斤相机，在芦苇丛中拍了十四天。才过了三年，就觉得体力跟不上，他辞掉了私人企业的保管工作，去了一家艺术学校，专职摄影。同时他发现摄影界的年轻人擅用数码软件，让他心生危机感和无力感。市里搞摄影讲座，他仍然积极去听，他珍惜学习和交流机会，不想落伍。

前两周，电视台采访他时，一向说话幽默风趣的他，自信地以为能够一气呵成。对着摄像机，嘴巴却像含了石头，录了几遍效果都不好，他有些沮丧。我给他留言："你是一个素人，又不是演员，本色就行了。"他回复："我就不相信我做不好。"

雨在路上就下了起来，两个同伙下了车，林佑山将车开回小区，熄了火，没有上楼。

雨滴密集地打在窗玻璃上，像快门、像子弹发出的哒哒声，他静静地听着，内心弥散着迷茫的快意。他一生保持着独自在车里听雨、听雪的习惯。他常躲在车里，有时喝点小酒。他有些疲倦，摸出酒，就着牛肉片喝起来。

微醺中，他拨通了我的电话，告诉我，他看见青蛙从篓子里爬了出来，毫发无伤，但已衰老脆弱。

我问："你感到孤独吗？"

他犹豫了一会儿，说："一点也不，毕竟我还有那么多的鸟要拍。"

后 记

我曾与一些新疆作家有过短暂的语言交流，那三言两语，如光，似暖，成为我写作路上永远的激励。

我记得熊红久说："在文学道路上，没有严格的师生之分，我们都是兄弟姐妹。你虽然起步晚，但只要一直走，就能走出一片属于自己的天地。"那是2017年，出发参加"第七届中国西部散文家论坛"的前一天。

我记得张映姝说我的散文写作已比较成熟。闻之的当下，我又惊又喜。那是2021年，我当时参加了在可可托海举办的"西部写作营"。

《游走的物象》是我的第一本个人散文集。它是文字长出的翅膀，是我体味故乡新疆和个人生命的时光藤蔓。美，在新疆展现得深邃、辽远而神秘，即便对天山日复一日地凝望，也总能发现新的故事。新疆本身就是远方，就是诗。写作加深了我对它的理解和热爱。

世界与自我皆是彼岸，所以于我而言，写作是一种照亮未知的方式。生命的源头和终点虽被规定，但世界永远敞开，辽阔无边。作为一个意识容器，记忆经常会删繁就简，略过单调生气寥寥的日子，标注出摇荡心魄的内容。但丛生的意念，犹如自然界万物勃发，生猛，野性，从来都跌宕起伏，它们赋予人精神的真实。唯有思考，才能洞察一切。

最后，感谢出版社编辑，感谢给予我鼓励与建议的每一位文友，感谢国家出版项目资金的慷慨扶持。

2024年3月